JN190963

私は聖女じゃない、ただのアラサーです！

登場人物紹介
ナレース
聖女を信仰する
ラウラ教の神官長。
ミヤの書いた小説に
興味を持ち、行動を共にする。
繊細な美貌とは裏腹に、
いまいちやる気の見えない
不良神官。
ミヤ（空野美夜《そらのみや》）
百貨店に勤めるアラサーOL。
異世界トリップに巻き込まれ
「守護者」のスキルを得るも、
ひょんなことから聖女として
働くハメになってしまった。
影が薄いことを気にしているが、
割と明るいツッコミ気質。
プッチー
ミヤの愛犬。
マイペースな
フレンチブルドッグ。

モモ（姫《ひめ》宮《みや》桃《もも》）
ミヤと一緒にトリップしてきた女子大生。聖女の役割をミヤに押し付け、何かを企《たくら》んでいるようで……？
ヒゲ王子
グレナード王国の第一王子。モモに心酔し、ミヤを冷遇している。
シエタ
グレナード王国の騎士。いつも笑顔の、我が道を行く熱血漢。
アレク
グレナード王国の第三王子。学者肌の真面目な性格で、生き物が大好き。

目次

私は聖女じゃない、　ただのアラサーです！

第1章　はた迷惑な聖女召喚

空野美夜《そらのみや》――通称ミヤは、自分が必要とされる場所を求めている、地味で目立たない女だった。

何もない田舎《いなか》で育ち、出来の良い兄と常に比べられ続けた子供時代。

ミヤの居場所は実家になかった。両親と、同居している祖父母はミヤの兄ばかりを可愛がり、ミヤには目を向けてくれなかったのだ。

家父長制《かふちょう》の因習が色濃く残る地元では無条件に男子が優遇されるため、実家の中心にはいつも兄がいる。彼の引き立て役として、周囲は時折思い出したようにミヤを話題に出した。

出来が悪く美人でもないミヤは、そこでは空気のようで。子供心に、自分は必要とされていないのだと強く感じていた。

そんな環境が嫌で、高校卒業と同時に家を出て上京。何かを変えたいと、思い切って独り立ちした。そうして働きながら夜間の大学に通い、卒業後は郊外の大型ショッピングモールの靴《くつ》売り場に就職。そのまま二十八歳まで働き続けて今に至る。

ちなみに、ミヤには恋人はおろか友人もいない。仕事が忙しく、それどころではなかったのだ。

地元に残った兄は結婚して、子供も生まれている。

実家では兄一家と両親が同居しているので、ミヤの帰る場所はもちろんなかった。

木枯《こが》らしが吹き始めた季節、最寄りの小さな駅から徒歩十分のマンションで、ミヤはパソコンの画面と向き合っていた。

現在は午前一時、普通の人なら寝ている時刻だ。

薄暗い部屋の中、仕事帰りの格好のままでパソコン画面を見つめるミヤの指が、軽《かろ》やかにキーボードの上を滑《すべ》る。

「うふふふ、いいわ、いい展開だわ！　自分はヒーローの愛人だと語る謎の若い令嬢、ヒロインに復縁を迫る幼馴染《おさななじみ》の元婚約者。最大の修羅場《しゅらば》が、今始まる！」

深夜のテンションで勢いに乗った頭は、ドロドロとした愛憎《あいぞう》劇を次々に文章へ変換していく。

ミヤの趣味は、ネットで小説を書くことだった。

仮想の世界に思いを馳《は》せている間は面倒なことを全て忘れられるので、良い息抜きになる。

オタク寄りのミヤが特に好きなのは、ファンタジーを題材にした作品だ。今までにも様々なパターンの小説を書いているし、他人の作品を読むのも好きだった。

ちなみに今書いているのは、特別な力を持ち、『聖女』として崇《あが》められる主人公が活躍する話だ。

（この勢いは、もはや誰にも止められないわ！）

スピードにのって小説を書き続けるミヤの足元には、ふてぶてしい顔の犬が寝そべっていた。

真っ白な雄《おす》のフレンチブルドッグで、名前をプッチーという。

彼はもともと、実家でミヤの兄が飼っていた子犬だった。

しかし、生まれた甥《おい》が犬アレルギーを発症したため、急遽《きゅうきょ》ミヤが引き取ることになったのである。

幸いこのマンションはペット飼育可の物件で、危惧《きぐ》していたプッチーとの関係も、おやつをあげることですぐに仲良くなれた。

（そうだわ、昨日印刷した原稿もチェックしておこうかしら）

ミヤは書いた小説を自分のホームページに掲載している。多くはないが、楽しみに待ってくれている読者もいるので、公開する前に紙に打ち出して、文章に変なところがないかを確認するのが日課だ。

そうやって印刷した歴代の作品を、紙で保存している。後々黒歴史となることは分かっていたが、どうにもやめられなかった。

（朝早めに起きてお風呂に入らなきゃいけないから、そろそろ寝ないとまずいわよね……でも、明日の仕事を考えると眠れない！）

翌日の仕事に差し支《つか》えると分かっているのだが、まだ眠気は訪れない。ストレスもあり、最近は寝つきが悪いのだ。

ミヤの勤め先であるブランド靴《ぐつ》のショップには、売り上げのノルマがある。それに届かないと、店長やマネージャーなどに厳しく叱責《しっせき》された。

しかし、いくら叱られたところで、そう簡単に売り上げが伸びるはずもない。

一《いち》販売員の接客がどうこうというより、店を訪れる客自体が少ないのだ。平日の午前中など、店員の人数の方が多いくらいだ。

また、店ではブランド靴《ぐつ》を定価で販売しているため、周辺にできた格安靴《くつ》店に次々と顧客を奪われていた。

その上、ショップの入っているモールからもカード会員獲得のノルマが課されている。最低でも年に五人以上の会員を獲得しなければならず、ミヤは多方面からかけられる様々な重圧に押しつぶされそうになっていた。

サービス残業が多く人間関係もきつい上、自腹で購入した自社製品を履《は》いて接客をしなければならないのも負担だった。

ブランドもので高価なくせに、社員割引はたったの一割なのだ。平社員の懐《ふところ》の貧しさを舐《な》めているとしか思えない。

ともかく、ミヤはそろそろこの仕事に疲れてきていた。

上司や先輩たちは皆美人なのに全員独身である現実に思うところもあるし、何より会社の売り上げが年々減っているため、将来に夢も希望も持てないのだ。

ミヤは確固たる自分の居場所が――そして家族が欲しかった。

だが、この職場はそういった場所ではなく、それを得られる見込みもないと心の中で判断している。

とはいえ、条件の良い職種への転職は難しい。多くの人が、ミヤと同じことを考えるからだ。

狙い目は事務職の正社員だが、未経験可で条件の良い職場には、どこも応募が殺到《さっとう》しているようだった。

しかも、そういう会社は若い人間を採用したがる。もうすぐ三十路《みそじ》に手の届きそうなミヤは、転職においても不利な立場にあった。

息苦しさを小説の執筆で発散させているうちに、どんどん夜は更《ふ》けていく。

さすがにそろそろ布団に入ろうかと腰を上げたその時、不意に周囲の景色が揺らいだ。

「何？　地震!?」

窓の外から、誰かの甲高《かんだか》い叫び声が聞こえて来た。あれは、上階に住む女子大生の声だろうか。

（本当に、どうなっているの？）

大きな揺れに視界がぶれる中でも、プッチーはプスプスと呑気《のんき》にいびきをかいているようだ。

時折、舌がペロペロと口周りを舐《な》めているので、食べ物の夢でも見ているのかもしれない。

マイペースな飼い犬を観察していたミヤだったが、ひときわ大きく視界がぶれたことで、思わず目を瞑《つぶ》った。体がぐらりと揺らぎ、全身が床に打ち付けられる。

「うっ……！」

痛みで意識が遠のきそうになった瞬間、知らない人間の声が降ってきた。

「ここに、約百年ぶりに聖女様が召喚されました」

心地よく甘い声が耳朶《じだ》をくすぐり、目眩《めまい》から解放されたミヤは薄く目を開ける。

（……え？）

視界に入ってきたのは、古びたワンルームマンションの色あせた壁紙ではなく、巨大なドーム型の天井。

そこには精巧なステンドグラスが塡《は》め込まれており、澄《す》んだ光が色ガラスを通してミヤを照らしていた。どう考えても、知らない場所だ。

起き上がって周りを確認してみると、広い部屋の隅《すみ》には白い服を着た人々がずらりと並んでいる。皆疲れ果てているのか、残業後の同僚たちによく見られる死んだ魚のような目で、こちらを見つめていた。

その奥――金の糸に縁《ふち》取《ど》られた赤い絨毯《じゅうたん》の上には、ファンタジー映画の登場人物のような仰々《ぎょうぎょう》しい衣装を着た人々が立っている。

中心にいるのは、金でできた骨組みの間に深紅《しんく》のベルベットを張った王冠に、白いファーが縫い付けられた赤いマント、高価そうな飾りのついた服という、典型的な王様の衣装を身に纏《まと》った高齢の男性だ。

彼の脇には、同じ作りの緑色の服を着た男性が三人並んでいる。

ヒゲを生やした男性はミヤよりも年上、その隣に立つ髪の長い青年はやや年下、もう一人の少年は中学生くらいに見えた。そこから少し離れた場所にはメガネをかけた、暗そうで痩《や》せた青年も立っている。

そしてミヤの隣にある寝台には、若い女性が一人横たわっていた。

まっすぐな黒髪を肩下までおろした、色白で愛らしい顔立ちの女の子だ。ミヤは彼女に見覚えがあった。

（うちのマンションの上階に住んでる、女子大生……だよね？）

直接話したことはないのだが、部屋に男性を招いている場面をよく目撃するので、印象に残っている。そんな彼女にミヤは、

（モテるんだなあ、私生活が充実していていいなあ……）

と、常々羨望《せんぼう》の眼差しを向けていた。

その女子大生は今、すっぴんに薄手のパジャマ姿だ。可愛らしいピンク色のフードには、フワフワしたウサミミが付いている。

（気を失っているのかしら？）

じっと見つめていると、女子大生は身じろぎし、パチリと大きな目を開いた。

ミヤと同じくこの状況に戸惑ったのだろう。彼女はガバリと起き上がり、キョロキョロと周囲を見回し始める。

「どこ、ここ？　私の部屋じゃないんですけどぉ！」

混乱する彼女が叫ぶと同時に、部屋の中に割れんばかりの拍手が鳴り響いた。

「聖女様がお目覚めになられたー！　皆の者、拍手でお出迎えするのだ！」

王様風の衣装を着た老人がそう叫んだからだ。見た目からは想像できない大声である。

（聖女？　この人、何を言っているの？　これって夢なのかしら？）

ミヤの頭の中は、ひたすら疑問符が飛び交《か》っている状態だ。

「聖女って何？　なんなの、あなたたちは……」

隣にいる女子大生も混乱している様子。

続いて、下からフゴーフゴーと荒い鼻息が聞こえて来た。足元を見ると、そこにはプッチーが気持ちよさそうに寝転がっている。

「プッチーもついて来ちゃったの⁉」

ミヤの大声で目覚めたプッチーは、立ち上がってノロノロと歩き出した。

「プッチー？」

プッチーはミヤの呼びかけを無視し、片足を上げて近くの柱におしっこをかける。

そうして、テケテケと飼い主の足元まで戻ってくると、仰向《あおむ》けになって再び爆睡《ばくすい》し始めた。

（人様の前で、恥ずかしすぎる……！　あとで掃除しなきゃ！）

その間謎の人々は、プッチーの一挙一動をつぶさに観察していた。

「な、なんですか、あの生き物は……⁉」

「犬……にしては、顔がブサイクなような。この世界では見ない種類ですな」

「まあ、害はなさそうだし、今はそれどころではない。放っておこう」

そう言って彼らのうちの一人――王様風の高齢の男性が、女子大生に話しかけた。

「余は、グレナードの国王、ビバリウス三世である。このたびは我が国、我が世界にお越しいただき感謝している」

「は、はあ……」

女子大生は呆《ほう》けた顔で、ミヤは無言で彼を見る。

自称国王は、そのままとんでもない質問をぶつけてきた。

「しかし儀式の手違いか、意図せず二人の人間を召喚してしまった。どちらが聖女なのだろうか？」

「聖女だなんて言われても。私、何も知らないわ」

パジャマの袖をぎゅっと握り込んだ女子大生は、震える声で訴えた。ミヤも彼女に同意する。

（でも、もしかすると……）

ミヤの脳裏を、一つの予想が過《よ》ぎった。

（……っていうか、さっきまでそんな話を書いていたんだけど？）

数々の小説を書いたり読んだりする中で、ミヤは聖女という言葉に心当たりがあった。

大体のネット小説において、聖女とは異なる世界から呼ばれた、その世界を救うために必要な能力を持つ女性のことを指す。細かい内容は話によって変わるが、設定は共通していることが多い。

世界を救う条件も様々だが、それらのことは聖女にしか成し遂《と》げられないというのが定番だ。ゆえに特別待遇を受け、多くの話の中では大事に扱われていた。

（たまに、呼び出されて早々に殺されかける、ハードな内容のものもあるけれど）

状況を見るに、彼らに敵意はないようだ。いきなり殺されたりはしないだろう。

「聖女を知らない？　そんなまさか。自分のステータスくらいは自分で確認できるだろうに」

「ステータス？」

国王の言葉を聞き、ミヤと女子大生は首を傾《かし》げる。

（そんな、ゲームのようなことを言われても困るわ）

オタク寄りのミヤでさえその程度の知識しかないのだから、リア充な女子大生に至っては、何を言われているのかまったく分からないに違いない。

「ステータスと言われても、知りません！　確認なんて……あら？」

反論しかけたミヤは、目の端《はし》に白く点滅する光があることに、ふと気がついた。

（何かしら、これは……？）

好奇心に駆《か》られたミヤは、手を伸ばして謎の光に触れてみた。

ヒュンという電子音が脳内で響くと同時に目の前に白い光が広がり、四角い画面が現れる。

それはまさかの、ゲームでよく見るステータス画面だった。ドッキリ企画にしても出来過ぎである。

「ええと、なになに？」

映し出されている文字は日本語なので、普通に読める。

（異世界トリップものの小説で、主人公が異世界の文字を読み書きする時は、自動でその世界の言葉に翻訳《ほんやく》される……という描写を見たことがあるけれど、そんな感じかしら？　それともここは、普通に日本語圏内《けんない》なのかな？）

分からないまま、とりあえず内容に目を通してみた。

〈ステータス〉
種族：異世界人
名前：空野美夜（ソラノ・ミヤ）
年齢：二十八歳
職業：守護者
能力：ステータス看破《かんぱ》（他人のステータスが見られる）
加護：物理攻撃強化・身体強化（物理攻撃の威力、身体能力が上がる）
人気：最低

意外とシンプルで親切設計なステータス画面だ。ゲームに慣れていないミヤにも分かりやすい。

（守護者って職業がなんなのかは分からないけど、聖女とは別物よね？）

とすれば、女子大生の方が聖女、もしくは二人とも聖女ではないということだ。

彼女に視線を向けると、近くに赤く点滅している四角い光が見える。

それはミヤが手を伸ばせば、すぐに届く場所に浮かんでいた。

（あれは何かしら？）

女子大生の前で点滅する赤い光に視線を集中させた途端、さっきと同じように、四角い画面と文字が現れた。

〈ステータス〉
種族：異世界人
名前：姫宮桃（ヒメミヤ・モモ）
年齢：二十歳
職業：聖女
能力：回復魔法（魔法の光により体の損傷箇所を回復させる）
加護：浄化（聖地の穢《けが》れを祓《はら》い正常な状態へ戻す）
人気：高

（わあ、他の人のステータスも見られるのね）
ミヤは念のため、国王たちの画面も確認してみた。

〈ステータス〉
種族：人間
名前：ビバリウス・リラ・グレナード
年齢：五十歳
職業：グレナード国王
能力：毒耐性（微量の毒を無効化できる）

加護：なし
人気：中

このステータス画面に間違いがなければ、国王の言葉にも偽《いつわ》りはないようだ。

ミヤは冷静に思考を巡《めぐ》らせる。国王や聖女にはステータス看破《かんぱ》、つまり他人のステータスを見る能力がなかったということは——

（ステータスを見る能力を持っているのは、私だけなのかも？）

ついでに、王の周囲に立つ三人の青年たちのステータスも見る。

彼らの職業は王子——つまり国王の実子のようだ。あごヒゲを生やしているのが長子で、長髪が二番目、最も若そうな子が四番目。

王子たちの能力は父王と同じく全員毒耐性だった。王族には必須のスキルなのかもしれない。

加護は誰も持っていないようだ。

彼らの背後に控えている兵士のステータスも見てみたが、やはり全員加護がない。

どころか、中には能力自体がない人間もいる。

（加護や能力は、珍しいものなのかしら）

目の前に立つ白い服の人々は魔法が使えるようで、能力は全部『転移魔法』だった。

ちなみに彼らの職業は、王宮魔法使いとなっている。

（そういえば、プッチーは？）

試しに、飼い犬の能力も見てみる。

〈ステータス〉
種族：異世界犬（フレンチブルドッグ）
名前：プッチー
年齢：一歳
職業：飼い犬
能力：なし
加護：なし
人気：中

ある程度予想していたが、プッチーには能力も加護もなかった。

そこでようやく、女子大生――モモも、目の前に光る印に気がついたようだ。画面自体は傍目《はため》には見えないが、指で空中を指す仕草から、なんとなく様子が分かった。

（正直言って、私が聖女じゃなくて安心したわ。もしそうだったら、『世界を救え』とか言われるかもしれないし）

ファンタジー小説で聖女に課される使命は、安全なものから危険なものまで様々だが、どちらかというと危険なパターンが多い。

酷《ひど》いものだと魔王との直接対決や、魔物との戦闘を強要される場合があった。

その他の場合でも、王宮の陰謀に巻き込まれ、危険にさらされるなどの可能性がある。

しばらくすると、前方で二人の返答を待ち構えていた国王が再び口を開いた。

「それで、聖女はどちらなのだ？　聖女には、我がグレナード国内の聖地を浄化していただかなければならない」

ミヤは一瞬、正直に答えるべきか迷った。事実を告げた場合、モモ一人に聖女の責任を押し付けることになってしまう。

モモはしばらくポカンと口を開けていたが、ここでようやく問いかけた。

「あのぅ、浄化ってなんですかぁ？」

人差し指を頬に当てて小首を傾《かし》げる仕草には、計算された可愛さがある。同性のミヤでさえ、思わずキュンとなりそうだ。

わけが分からないといった様子のモモに向かって、国王は笑顔で答えた。

「我がグレナード王国には、魔物を生み出す土地がある。そのせいでこの国は、他国に比べ魔物による被害が極端に多い。魔物自体はもともと世界中に存在するのだが、新たに生まれるのはこの国だけなのだ。聖女にはその土地を浄化し、魔物被害が出ないようにしていただきたい」

「……引っ越せないんですか？　そもそも、なんでそんな危ない場所に国を作ったの？」

「はるか昔に神託を受け、我が王族の祖先がこの地に国を興《おこ》したと言われている。我らは神に選ばれた民族なのだ。ゆえに、この土地を離れるわけにはいかない」

実にありがちで、胡散臭《うさんくさ》い建国記である。

（本当は、もっと別の事情があるんじゃないの？　周囲が強国ばかりだったせいで、危険な土地に追いやられた、とかね！）

「伝承では、昔神が遣わした聖女が聖地に浄化の石碑を建てることで魔物を封印し、世界の危機を救ったと言われている。魔物の根絶には至らなかったが、奴らが聖地付近に大量発生することはなくなった。しかし、石碑を立てて百年ほど経《た》った頃、聖女が浄化したはずの土地周辺に魔物が増加し始めたらしい。調査の結果、原因は浄化の力が弱まったせいだと分かったという」

「そうなんですか、大変ですねぇ」

モモはポカンとした顔のまま話を聞いている。まだ状況を理解できていないようだ。

一方、ミヤは周囲の様子を窺《うかが》ってみる。

（全員が、黙って国王の話を聞いているわね）

中には、大げさに相槌《あいづち》を打っている者もいた。

「人々は神に祈った。この地に再び聖女を遣わしてくださるようにと！　すると、神は願いを聞き届け、異世界から聖女を召喚してくださったのだ！」

（えっ？　召喚は神じゃなくて、人間が行《おこな》ったんでしょう？　今、私たちが呼び出されたように）

突っ込みたい箇所が次々に出てくる。

「そうして現れた聖女が同じ場所を浄化して回り、世界に再び平和が訪れたという」

自分の言葉に勢いづいた王は、まだまだ熱弁を振るう。

（グレナード国内の魔物封印の話が、いつの間にか世界平和の話になってるんですけど……）

かなり怪しい話だが、誰も口を挟まない。

「それを機に、我々グレナード王国は百年ごとに神に祈り、聖女を召喚して聖地を浄化しているのだ」

しばらく経《た》った後、ようやく国王の話が終わった。

（長かった……）

話が一段落すると同時に、今まで口を開けていただけのモモが、国王に向かって遠慮がちに質問する。

「よく分からないんですけど、聖地は危ないところなんですかぁ？」

「うむ。先ほどの話の通り、聖地付近には魔物が出やすいのでな」

「その『魔物』って、なんですか？　幽霊みたいなものぉ？」

「聖女の世界には、魔物はおらぬのかな？　人間を襲う獣《けもの》型の生き物の総称だが」

「……え、ええっ!?　やだ、怖い！　聖女って危ない仕事なのね？」

それを聞いたモモは顔色を変えた。ミヤも緊張から、両手をぎゅっと握りしめる。

（まずい、危険なパターンの異世界だわ……！）

魔王退治とまではいかないものの、良くない展開である。下手に引き受けた日には、大怪我や死が待っているかもしれない。

（か弱い女子大生一人に、そんな真似《まね》はさせられないわよね。二人とも聖女じゃないって方向へ、

なんとか話を持っていけないかしら？　あの子と協力して、この場を切り抜けたいわ）

良い方法はないものか思案していると、モモの口から信じられない言葉が飛び出した。

「わ、私は聖女じゃない！　聖女は、こっちの人ですぅ！」

「……へ？」

思いがけない言葉に唖然《あぜん》として、ミヤは動きを止めた。

部屋の中にざわめきが広がっていく。それまでは空気のような扱いだったミヤに、視線が集中した。

今度は、こっちがポカンと口を開ける番である。

「わ、私は聖女じゃないんですけど⁉　きちんとステータスを確認しましたよ？」

戸惑いつつ事実を告げると、周囲に見えない絶妙な角度でモモが睨《にら》みつけてきた。

（なぜ⁉）

事実を述べただけなのに、睨《にら》まれるなんて理不尽だ。

「オバサン、この期《ご》に及んで見苦しい嘘をつかないでくれますかぁ？　みんなの迷惑になるじゃない」

「迷惑なのはあなたよー！」と叫びたくなったが、ミヤはなんとか感情を押し留《とど》めた。

（ダメダメ、私は大人なんだから。しっかりしないと）

そんなミヤの心中も知らず、モモは好き勝手に話を続ける。

「私だって聖女じゃないわよ？　ええっと、ただの町娘ですぅ」

しれっと嘘をついたモモは、強気な視線をミヤへ向けた。

（……この子、堂々と職業を捏造《ねつぞう》しやがったわ！）

ミヤの反応を見て、モモはニヤリと口角を上げる。二人で協力してこの状況を突破する道もあったのに、彼女はミヤを見捨てるつもりなのだ。

（なんで？　私、何もしてないよね？　できれば仲良くしたかったのに……）

もともと、ミヤは他人に受けが良くない。仕事をする上では好感を持たれることもあるのだが、プライベートとなると、どうもうまくいかなかった。

特徴のない顔立ちや地味な服装のせいで、同性から舐《な》められることも多い。

ファッション誌を研究したりと、それなりに努力をした時期もあったが、ダメだった。

また、少々口下手なために異性受けも悪く、彼氏いない歴＝《イコール》年齢だ。

仕事ならスラスラと対応できるのに、プライベートとなると挙動不審になってしまい、さっぱり恋愛につながらないのである。

「ということは、あなたが聖女なのか？」

国王がそう言ってミヤを見るが、先ほどと違ってテンションが低い。

周囲にも、落胆の溜息《ためいき》を漏《も》らす者や大げさに顔を覆《おお》う者が現れた。

（露骨《ろこつ》すぎる！）

ミヤが聖女だと、そんなに不満なのだろうか。

（確かにアラサーだし、大して可愛くもないけれど。そこまで、嫌がらなくても……）

少しだけ……いやかなり、心が傷ついたミヤだった。

だが、ショックを受けている場合ではない。

（誤解を解かなきゃ、私が聖女にされてしまう！）

浄化能力もないのに聖地に連れて行かれたら大変だ。

「私は聖女ではありません、本当です！」

ミヤが訴えると、すかさずモモが反論する。

「はい嘘ー！　この人、嘘つきですぅー！」

「嘘じゃないわよ、私の職業は聖女じゃなくて守護者だもの！　ステータスで確認したわ！」

そう答えると、国王と第一王子が、揃《そろ》ってミヤをじっと見つめてきた。

「……何か？」

「いや、なんでもない。そのような職業を耳にしたのは初めてだったものでな」

国王の答えに気を良くしたらしいモモが言い募《つの》る。

「あはは、守護者なんて、存在しない職業なんじゃない。オバサン、自分で墓穴《ぼけつ》掘っててウケる！　なんなの、守護者って。普通はもっとましな嘘をつくでしょう？」

ミヤはムッとしてモモを見た。

二十八歳は、まだオバサンなんて言われる年齢ではないし、職業についても嘘は言っていない。

（んもーっ！　どうして誰も、私を信じてくれないのよ……！　守護者って、そんなにマイナーな職業なの⁉）

戸惑うミヤを無視して、モモは笑顔で訴える。

「とにかく、私は普通の女の子なので、危ないことはできません。ごめんなさぁい」

「うむ、双方が自分は聖女ではないと言う。だが、聖女召喚の儀式において聖女が現れなかった事態は、これまで一度もなかった。困ったことだ。他人のステータスを知ることができる能力者がいれば良かったのだが、あいにくここ百年ほど見つかっていないしな……」

国王の言葉に、ミヤはピンときた。

（……それって、もしかして私のステータス看破《かんぱ》の能力じゃない？）

これは自分の無実を証明する、またとない機会だ。大きく息を吸い込んだミヤは、勢いよく手を挙げた。

「はい！　私、その能力があります！」

周囲は怪訝《けげん》な表情でミヤを見る。さっきの今の発言なので、信用されていないようだ。

「証明だってできます！　国王陛下や王子様方の能力は毒耐性ですし、そこの白服の人たちの能力は転移魔法、こっちの兵士さんは俊足《しゅんそく》で……」

言い募《つの》るミヤの言葉は、「静粛《せいしゅく》に！」という第一王子の声にかき消された。

「勝手な発言は控えてもらいたいものだ。我々王族に毒耐性があるのは周知の事実、この場に集められた魔法使いたちが転移魔法の使い手なのは、状況から見て明らかだ。兵士に関しては、どうせ当てずっぽうだろう。馬鹿な話で我々の時間を取らないでいただこうか？」

腕組みをした王子はそう言って、あごヒゲをいじりながらミヤを睨《にら》みつけた。

（仮にも聖女候補である私に、この王子はなんでこんなに当たりがきついわけ？）

不満に思いつつ、ミヤは主張を続けた。

「違います、嘘じゃありません！」

再び声を上げて説明するが、誰も取り合ってくれなかった。自分の能力を言い当てられたはずの者たちさえ、ぴくりとも動かない。

（なんでなの!?）

国王は、ミヤを空気のごとく無視して話を進めた。

「二人には、このまま王宮に滞在してもらう。しばらく様子を見れば、どちらが聖女か分かるだろう」

下された結論に周囲が沸《わ》いた。すると、横からモモが声を上げる。

「はい！　質問があります！」

「……ん？　詳しく聞こうか？」

ミヤの時とは打って変わって、優しく微笑んだ第一王子が、モモに話をするよう促《うなが》した。

（なんじゃそりゃー!?）

上目遣いのモモは、少しはにかみながら質問する。

「あの、元の世界へは、いつ戻れるんですかぁ？」

「あいにく、こちらから聖女を帰すことはできない。歴代聖女も、自分の祖国へ戻った者はいないのだ」

「えっ？」

「聖女候補の二人には、聖地を浄化する旅に参加してもらう。役目を終えた後も、生活はきちんと保障するから、問題ないだろう」

「嘘でしょう……⁉」

唖然《あぜん》とした表情で呟《つぶや》くモモだったが、やがて悲鳴のような声を上げた。

「元の世界に帰れないなんて、それに危険な仕事をさせられるなんて！　私には無理よぉ！」

床に両膝をつき、モモは大げさに項垂《うなだ》れる。周囲の人間から、彼女に同情する声が上がり始めた。

その様子を見た第一王子が、ヒゲをいじりながら国王と素早く視線を交《か》わす。

(何かしら？)

酷《ひど》く、嫌な予感がした。長く『空気』として生きてきたミヤは、場の空気を読むことにも長《た》けている。

すぐに第一王子が、国王の傍《かたわ》らに立って彼に話しかけた。

「父上！　このようなか弱い女性を、すぐに過酷な旅に送り出すのは無理です！」

その言葉に呼応《こおう》するように、周囲の兵士たちから賛同の声が上がった。疲れ顔の白い服を着た集団も、賛同の拍手を送っている。

「しかし、そちらの女性なら、浄化の旅にも耐え得るかと。まずは彼女から試してみるのはいかがですか？」

「えっ……ええっ、私⁉」

王子の言葉に同意した周囲が、またしても嬉しそうに手を叩く。

（どういうこと？　か弱くないアラサーなら、危険な旅に放り出してもいいと!?　何を根拠に、私なら耐えられるなんて言っているのよ、適当すぎない!?）

ミヤは思わず、国王と王子を凝視《ぎょうし》した。

「と、ともかく。状況的にはそうせざるを得ないだろう」

気まずそうにミヤから視線を逸《そ》らした国王が、重々しく頷《うなず》いた。その言葉に、再度周囲が沸《わ》く。

「陛下、英断ですぞ！」

一人が声を上げると、周りの人間も次々に賛同の言葉を投げかけた。

「か弱い乙女を、いきなり危険な旅へ向かわせるわけにはいかない！」

「試しに別の者を送るのは、良いお考えだ。どちらが聖女かも判明するし、一石二鳥ですな！」

重鎮らしき中年男性の一団も、手を叩きながら国王を讃《たた》えた。

（なんなの？　なんで私だけ、こんなにアウェイなの!?）

全員が、揃《そろ》いも揃《そろ》ってモモに味方している。

それだけならともかく、ミヤが冷遇される理由が分からない。出会ったばかりで、まだ不興を買った覚えもないのに。

普通は初対面の相手にここまで肩入れしないし、失礼な態度も取らないだろう。少なくとも、日本においてはそうだ。

だがこの異世界の人々は、まるで何かに洗脳されているかのようにモモの機嫌を取っている。

（……なんだか、気持ち悪いわ）

ミヤにはこの部屋全体が、異様な空間に思えた。

「ではそういうことで、聖女をお部屋へご案内させていただく。あとの者は解散だ」

王がそう告げると、モモの周囲に案内役の者がわっと群《むら》がった。

「さあさ聖女様、こちらへどうぞ。突然のことで、戸惑われたでしょう？」

動く彼女に合わせて、長い黒髪がゆらゆらと揺れる。そのままモモは、どこかへ案内されて行った。

対するミヤは、さっさと広間を出るよう冷たく告げられただけである。

部屋を出たところで、どこへ向かえばいいかも分からない。質問しても、周囲の人間は薄《うす》ら笑いを浮かべて去って行った。

あまりに理不尽な対応に、ふつふつと怒りが湧《わ》き上がってくる。

「ふざけんなー！　人を勝手に呼び出しておいて、その態度はなんだー！」

腹を立てたミヤはプッチーを抱き上げ、誰もいない広間の真ん中で叫んだ。

これを国王や王子に面と向かってぶつけられないところが、空気の空気たる所以《ゆえん》である。

邪険にしても直接反発してこない。だから、誰も空気に気を使わなくなるのだ。

けれど、そんなミヤにも感情はある。

（泣きそう……）

とにかく、無事に生き抜くためにも、自分の滞在場所くらいは教えてもらわなければならない。

(なんといっても、ここは異世界なわけだし)

街へ降りるにしても、知識がないままでは、余計に酷《ひど》い目に遭《あ》う恐れがある。常識が違うだろうし、治安も悪いかもしれない。

暴漢に襲われたり、奴隷《どれい》商人に捕まって売り飛ばされたりするのはごめんだ。

(それはさすがに、ファンタジー小説の読みすぎかもしれないけど。でも、今の私の服装はスーツ姿だから、ここでは浮くこと間違いなしだよね)

悩みつつ広間を出ようとしたところで、後ろから遠慮がちに話しかけられた。

「あのぅ……」

甘く蠱惑《こわく》的な響きの声だ。この世界で目覚めた瞬間に耳にした男性の声と似ている気がする。

誰もいないと思っていたが、まだ人が残っていたらしい。

大声で叫んでしまったこともあり、ミヤは気まずい思いで振り返る。

「なん……ですか?」

「いや、これ、君の落とし物じゃないかと思って」

そこに立っていたのは、甘い声に相応《ふさわ》しく、美しい容姿の青年だった。繊細《せんさい》な芸術品のような顔立ちに良く似合う長くまっすぐな金髪を、後ろで一つに結んでいる。

抱き上げていたプッチーが『遊びたい』と暴れたので一度床に置くと、プッチーは青年に近づいて彼を見上げた。そのまま屈《かが》んでくれた彼に、ちゃっかりヨシヨシされている。

「すみません……ええと、あなたは?」

「聖女召喚の見届け人で、神官長のナレース・アルテーラだよ。以後お見知りおきを、聖女様」

「神官長？」

よく見れば、彼の纏《まと》っている服は青や白を基調とした、一目で高価と分かる作りだった。

（きっと、そこそこ権力がある人なのね。でも……）

ナレースはせっかくの神官服をだらしなく着崩しており、大きく開いた襟元《えりもと》からは、素肌が見えてしまっている。

金色のピアスやネックレス、派手な髪飾りも相まって、どことなくチャラい印象を受けた。

（神職だとすれば、ちょっと見た目に問題があるんじゃ……）

ミヤが黙っていると、彼は紙の束を差し出してきた。

「はい、これ。どうぞ」

「あ、どうも……て、ええっ!?」

それを見たミヤは、ギョッとして思わず動きを止めた。その声に驚いたのか、プッチーがびくりと体を浮かす。

（こ、これは私の小説!?　一緒にこの世界へ来てしまったの？）

声と同じく甘さを含んだ顔を綻《ほころ》ばせた青年は、萌黄色《もえぎいろ》の瞳を瞬《しばた》かせ、小首を傾《かし》げた。

「君の持ち物ではないのかな？　だとしたら、もう一人の……」

「わ、私の物です！　もう一人には渡さないでーっ!!」

ミヤはひったくるようにして、彼から紙の束を奪った。趣味全開の自作小説を、あの女子大生に読まれたくはない。

「ひ、拾っていただき、ありがとうございます！」

ミヤの行動を見たナレースは、面白そうに笑みを浮かべつつ口を開く。

「なかなか素晴らしい品を持っているんだね。少し読ませてもらったけれど……」

内容を見られたと知って、ミヤは今すぐこの場から逃げ出したい衝動に駆《か》られた。

だがナレースは、さらに追い討ちをかけてくる。

「良ければ、僕にこの紙を貸してもらえないかな？　珍しいから、調べてみたいんだ」

動揺していたミヤは、そこでとある可能性に気がついた。

「いや、こんなものをお貸しするわけには……ってもしかして、印刷技術に興味がおありですか？」

彼は読んだと言っていたが、実際は文字を見ていただけで、中身が小説だとは認識していないのかもしれない。なんせ異世界の人間だ、日本語が読めない可能性は大いにある。

しかし、そんな楽観的な期待は、彼の次の言葉で打ち砕かれた。

「違うよ。その話を最後まで読んでみたいんだ。国王が喋《しゃべ》っている間、こっそり眺めていたんだけど、まだ途中でね」

ナレースは悪びれる様子もなく、紙束を指差した。

「あなた、この文字が読めるんですか!?」

そう答えると、美青年はさらに笑みを深める。

「一応、神官長だからね。最低限の教育は受けているから、文字ぐらいは読めるよ」

「じゃなくて、これは日本語――私の世界の文字なんですけど！」

「うーん？　僕には大陸共通文字にしか見えないなあ。――君は異世界人だし、なんらかの力が働いているのかもね。過去に召喚された聖女も、普通に読み書きできたらしいと伝承にあるよ」

こうして話も通じている以上、確かに言語に関しての障害はなさそうだ。彼の言う通り、文字や会話を成立させる魔法などがかけられているのかもしれない。

「『こんなもの』なんて言い方からすると……もしかして、これは君の作品だったのかな？　聖女様の世界は、印刷技術が進んでいるんだね。ここまで綺麗な印刷は珍しいよ」

そう言うと、ナレースは愛想よくウィンクしてみせた。

「いや、作品というかなんというか……」

焦るあまり、これが自分の小説であると、こんなイケメンの前で匂わせてしまった。

(穴があったら入りたい……！)

戸惑うミヤにお構いなしに、ナレースは話しかけてくる。

「話が脱線したけれど、その物語は貸してもらえるのかな？」

「……い、いいえ！」

ナレースは、この小説の内容を本当に理解した上で、続きを読みたがっているのだろうか。

これはタイムリーにも、聖女をモチーフにしたファンタジーものだ。ところどころにドロドロした昼ドラのような描写が含まれていて、とても聖職者が興味を持つ話には思えない。

「いやあ、修羅場《しゅらば》の描写が秀逸《しゅういつ》だよね。続きが気になって仕方がない」

ミヤの考えを裏切って、昼ドラ展開がお気に召したようだ。

「やっぱり、娯楽用の読み物はいいよね。神官向けの経典《きょうてん》ばかりじゃ、礼拝中もつい眠くなっちゃって」

「まさかの居眠り発言！」

「ふふふ、だってねえ？　経典《きょうてん》の内容って、ひたすら聖女を褒《ほ》め称《たた》えて、神殿を正当化する話ばかりなんだよ？　それを日々読まされ続ける身にもなってほしいね」

「……あなた、なんで神官長なんてやっているんですか？」

服装も行動もだらしない彼は、まったくもって神職に就《つ》く人間らしくなかった。

(神官長って、もっと真面目で清らかなイメージだったのに……)

顔から受けたプラスの第一印象も、服装や言動で台無しだ。

こんなのを神官のトップに据《す》えているグレナード王国が心配である。

「ところで、滞在先の部屋の場所は分かるかな？」

「いいえ。見ての通り、誰も案内してくれないので困っていたところです」

広間に残っているのは、今やミヤと彼の二人だけだった。

「この国は、ちょっと特殊な文化を持っていてね。国民も皆、あのような対応を取るよ」

広間にいた人たちだけでなく、国ぐるみで感じが悪いとは。迂闊《うかつ》に外に出なくて正解だった。

「もしかすると、君にはちゃんとした部屋は用意されないかもしれないな」

「どういうこと？」

首を傾《かし》げるミヤに、ナレースは広間を出るよう促《うなが》した。

「ついて来れば分かる。このグレナード王国の国民性についても、追い追い説明しよう」

そう言いながら廊下を歩き出したナレースに、再びプッチーを抱き上げたミヤも続いた。

「……あなたは、私に親切ですよね？　他の人はとっくに広間を出て行ってしまったのに」

「僕はこの国の国民ではなく、もっと東の出身なんだ。それに、他国——シーセリアという国にある神殿本部によって派遣されているだけだから、グレナードの文化にも染まっていない。この国の神官長というわけでも、王の臣下でもないし」

「そうなんですね。それにしても、グレナードの文化って……」

一括《ひとくく》りに文化と説明してしまうには、色々と問題があるように思えたが、他になんと言うべきか分からない。

その後ナレースは、城で働く女性使用人にミヤの部屋の場所を尋ねてくれた。

「あ、その、お部屋なのですが……」

質問されて、使用人たちは気まずそうに目を逸《そ》らす。

詳しく聞くと、部屋は用意されていないらしい。ナレースの言った通りだ。

「聖女様が二人召喚されること自体が想定外だったもので。もう一人の方のお部屋までは用意していなかったのです」

そう言う割に、彼女にミヤの部屋を用意しようという気配はない。

普通なら、今から用意してくれたっていいはずだ。

（私だって、一応は聖女候補なのに。このままじゃ、どこに泊まればいいのかも分からない）

「一部屋だけ、空けてもらうことはできないのかな？」

やんわり尋ねるナレースの美貌に頬を染めながら、使用人はゆっくりと首を横に振った。

「残念ながら。急遽《きゅうきょ》用意できる部屋は、北側の一階のみとなっております」

「ああ、下級使用人が使う部屋だね。聖女という立場は何かと狙われやすいし、そこだと少し危ないかもしれないな」

ギョッと顔を上げたミヤに向かって、ナレースは苦笑いを浮かべながら説明する。

「他所《よそ》の国の刺客《しかく》や、聖女を良く思わない人間が襲ってくるかもしれないから」

「……そんなこともあるの⁉」

ミヤの職業は守護者だが、聖女かもしれないと思われている今、狙われる可能性は充分にある。

（なのに、私は保護してもらえないのね）

勝手に聖女疑惑をかけられた挙《あ》げ句《く》、身を危険にさらされているというのに、この扱いは酷《ひど》すぎる。

これならブラック企業の方がまだマシだ。生命の保証がないのは同じだが、いざとなれば退職できる。

ナレースは、困った表情を浮かべたまま髪を掻《か》き上げた。

「うーん、参ったなあ。ここで君を放り出すわけにはいかないし。他に安全な場所といえば……」

萌黄色《もえぎいろ》の瞳が、窺《うかが》うようにミヤを見つめる。

「なんですか？」

「君さえ良ければ、僕と一緒に来る？　あいにく、この城内で僕の権限が及ぶのは、神殿付近だけなんだけど」

「神殿？」

「この城の中に、僕の職場――神殿があるんだよ。普段はそこで祈りを捧《ささ》げるふりをして、居眠りしている」

「ええと、神官って、他に仕事はないんですか？」

「神官の仕事は、神と歴代聖女に祈りを捧《ささ》げ、宗教儀式を執《と》り行って、聖女の巡礼《じゅんれい》の行程を管理すること。聖女召喚の見届けも仕事の一つだね」

「召喚後、あなたはずっと読書をしていたみたいですけどね」

ミヤは、呆《あき》れ顔でナレースを見た。

（やる気なさすぎじゃない？）

この国の宗教概念《がいねん》はそんなに緩《ゆる》いのだろうか。下手をすると、時に無宗教とも揶揄《やゆ》される日本よりいい加減かもしれない。

「ええと、グレナード王国の宗教はなんですか？　あなたを見るに、かなり自由な教えっぽいですけど……」

無造作な髪形にだらしない服装をしていても神官長になれるなんて。日本にいた時でさえ、そんな宗教は聞いたことがない。

「ラウラ教という、神と聖女を信仰する宗教だよ。この大陸にある国はほとんどがそう。信仰の深さは、国によってまちまちかな」

「……聖女を信仰しているのね？　微妙だわ」

「この大陸において、聖女は聖地を浄化して、災《わざわ》いから人々を守る救世主。敬《うやま》われるべき存在なんだよ」

「なるほど、大陸規模で有名なの」

「また話が逸《そ》れてしまったね。――今は君の部屋を用意しなきゃ」

困ったように微笑むナレースは、萌黄色《もえぎいろ》の瞳を揺らめかせながら遠慮がちに提案してきた。

いつの間にか、使用人はいなくなっている。

「神殿の一角が僕の住まいなんだ。少し狭いけど空き部屋があるよ。君さえ良ければどうかな？」

そう話すナレースに、害意はなさそうだ。

狭くても安全な部屋を用意してもらえるというなら、ミヤにはありがたい話である。

「あなたさえ良ければ、お世話になります。ありがとう」

「こちらこそ、本来なら歓迎すべき聖女の君を不当に扱ってしまってごめんね。ラウラ教の神官を代表して謝らせてほしい」

「私は、あなたには怒っていません。勝手に呼び出されたことに腹は立つけど、日本へ戻ることも、まだ諦めていないし」

「助かるよ……」

ナレースに連れられ、ミヤは城内にあるという神殿へと移動する。

そこは城の中央部にある、だだっ広《ぴろ》い場所だった。

さっきまでいた広間に匹敵する広さがある上、縦にも高い空間が広がっている。奥には、ご神体《しんたい》らしき黄金の聖女像が置かれていた。

「こっちだよ、どうぞ」

像の脇にある金色の扉の向こうには短い廊下が続き、さらにその先にナレースの私室はあった。

扉を開けると、豪奢《ごうしゃ》なオリエンタル風の絨毯《じゅうたん》やクロスが目に飛び込んで来る。

(結構広いわね。さすが神官長)

王の臣下でないとはいえ、彼がグレナードにおいて高い地位にいるというのがよく分かる部屋だ。

(仕事をサボっていることばかりアピールしているけれど、机の上にはちゃんと神官長宛《あ》ての書類があるじゃない)

書きかけのように見えるので、最低限の作業はきちんとやっていそうだ。

「君の部屋は、こっちでいいかな？　残りの部屋は散らかっていて、すぐに使える状態じゃないんだ」

ナレースは、部屋の脇にある小さな扉に手をかける。

すると豪奢《ごうしゃ》な部屋の続きに、綺麗に整えられた小部屋が現れた。ミヤのマンションの部屋と同じ、六畳《ろくじょう》ほどの広さだ。

ミヤの腕から降りたプッチーが、興味津々《きょうみしんしん》といった様子で周囲の匂いを嗅《か》ぎ始める。

「もともと物置用に設置されていたんだ。今は使っていないし、物置は他にもいくつかある。僕の部屋とつながっているけれど、大丈夫かな？　もちろん、勝手に入ったりはしないよ」

地味で美人でもないミヤ相手に、女性に不自由しなそうなナレースが何かするとも思えない。純粋に親切心から部屋を貸してくれるのだろう。

「分かっていますよ。しばらくの間お世話になります」

「ベッドや家具は、予備があるからすぐに用意するね」

そう言うと、彼は自《みずか》らミヤの部屋を調《ととの》え始める。てっきり使用人か部下の神官に命じるものと思っていたので、意外だった。

「わ、私も手伝います！」

慌ててミヤが動き出すと、ナレースは爽《さわ》やかに礼を述べた。

「悪いね。自分の領域に他人が入ってくるのが苦手で、ついつい一人で動いてしまうんだ」

「……だったら変に手伝わない方がいいのかしら？　そもそも、部屋を借りてしまって大丈夫ですか？」

「君はいいんだよ、僕から声をかけたんだから」

「でも……」

「この城の中って、君の書く物語みたいにドロドロしていてさ。僕の地位を狙う者も多いから、部下や使用人に頼むと、変なものを仕掛けられたりするんだ」

「うわぁ。それは大変そうですね」

散々小説に書いてきた題材ではあるが、権力者はリアルに苦労しているのだと知ったミヤだった。

話しているうちに、簡単な家具の移動が終わる。ベッドや棚を置いたそこは、ワンルームマンションの一室のように快適になった。

「重ね重ね、本当にありがとうございます！」

「そんなに畏《かしこ》まらないで、普通に話してくれていいよ。その方が、僕も気が楽だ」

「えっと。じゃあ、お言葉に甘えて」

ミヤは敬語をやめて、普通の口調で彼と話すことにした。

「それに、元はと言えばこっちが悪いんだし。聖女様に対して不敬が過ぎるよね。この件に関しては神殿から、グレナード王国へ正式に抗議させてもらうよ」

そう述べるナレースにミヤは焦った。彼はミヤを、完全に聖女候補として扱っているようだ。誤解されたままでは、後々問題が発生してしまう。

「ちょっと待って。私、本当に聖女じゃないの。自分のステータスを見て確認済みなんだから」

「君がさっき広間で言いかけていた話かな？　王子の声が邪魔して、よく聞こえなかったんだよね」

ナレースは困った顔でミヤを見た。

「それに私は、ステータス看破《かんぱ》の能力を持っていて、相手の職業を見ることができるの。本物の聖女は、モモというもう一人の女の子の方よ。だから聖女じゃない私のために神殿を動かしてしまうと、後であなたに迷惑がかかるわ」

ここまで親切にしてもらったのだ。彼が困るようなことはしたくない。

「……ステータス看破《かんぱ》って、すごく珍しい能力なんだけど？」

ナレースは、少し動揺している。

「君を疑っているわけではないよ。異世界人の君が、誰にも教わらない状態で、『ステータス看《かん》破《ぱ》』の能力名を正確に言えている時点で、嘘じゃないと分かるから」

「私の職業は守護者なの。広間ではそんな能力ないって否定されたけど、ステータスにはそう書かれているのよ」

ミヤが必死に伝えると、ナレースは静かに頷《うなず》いた。

「でもね、僕も守護者という職業を知らないんだ」

人より知識が豊富そうな神官長が知らないということは、他の者も知らない可能性が高い。王も王子も、聞いたことがないと言っていた。

「そういえば、君の名前はなんというの？」

「あ、名乗り忘れてごめんなさい。私はソラノ・ミヤです」

「ソラノが名前？」

「いいえ、ミヤの方です」

「ミヤか。君が聖女じゃないとしても、しばらくは城で暮らす必要があると思う。これから仲良くしてくれると嬉しいな」

「こちらこそ、お世話になります。あなたに会えてよかった」

「嬉しいことを言ってくれるね。僕のことはナレースって呼んで」

「分かったわ。よろしく、ナレース」

こうしてミヤはナレースにだけ、わずかに心を開いたのだった。

※　※　※

翌日、ミヤはナレースの隣の部屋で目を覚ました。

ベッドでゆっくり眠れたからか、目覚めはスッキリしている。

いつもはもっと寝つきが悪いのだが、さすがに昨日は疲れの方が大きかったようだ。

（さて、しなければならないことがたくさんあるわね）

ここで生き延びるために、まずは情報を集める必要がある。

ミヤが頼れるのは、今のところ、親切な神官長のナレースだけ。

扉一枚で隔《へだ》てられた彼の部屋へ出るが、そこにナレースはいなかった。

（外出しているのかしら？　もしかして仕事？）

慣れない場所に緊張しつつ、ミヤはプッチーを部屋に残して神殿へと向かった。

神殿は、廊下を歩いた先にある巨大な空間だ。

（昨日通ったから、覚えているわ）

一本道なので、ミヤは迷わず入り口へと辿《たど》り着くことができた。

中を覗《のぞ》くと、人とは思えないほど整った顔立ちの美青年が膝をつき、熱心に祈りを捧《ささ》げている。

それは、絵のように神々《こうごう》しい光景だった。

（こうして見ると、普通に神官っぽいのよね）

祈りを捧《ささ》げ終わったのか、美青年――ナレースは、優雅な動作で立ち上がり、ミヤの方を振り返った。

（うっわ、お腹まで丸見え……）

今日もナレースは神官服を着崩している。ミヤに気がついた彼は、微笑みながら手を振った。

「おはよう、ミヤ。昨日は眠れた？　僕は今、君の気配で目覚めたよ。いやあ、朝の礼拝は神官長としての義務だけれど、途中で眠くなっちゃうんだよねえ」

……前言撤回《てっかい》。祈っていたわけではなく、居眠りをしていただけらしい。

寝ているだけでも様《さま》になるなんて、あんまりだ。

「ええと、おはよう。昨夜は、あなたのおかげでゆっくり眠れたわ。ありがとう」

「それは、どういたしまして」

神官服の長衣をずるずると引きずりながら、ナレースは神殿を出て行こうとする。ミヤは慌てて彼の後に続いた。

「あ、あの！　もし可能なら、あなたに聞きたいことがあるの。大丈夫かしら？」

振り返ったナレースが、萌黄色《もえぎいろ》の瞳でじっとミヤを見つめる。

彼の考えは分からないが、そわそわと酷《ひど》く落ち着かない気分になった。

「もちろん、いいよ」

ナレースは、ふんわりと優しく微笑んでみせる。その笑みに、ミヤの張り詰めていた緊張感は溶けていった。

「何も分からないまま、知らない場所に放り出されて不安だったでしょう？　僕に教えられることなら、なんでも答えるから安心して？」

「……ありがとう。本当に助かるわ」

ファンタジー小説などの前知識があったおかげで、パニックを起こすことだけは避けられたが、不安は常に付きまとっている。

（ナレース以外、誰も気づいてくれなかったけど！）

ミヤは、自分の考えを相手にうまく伝えることが苦手だ。

それは、何を主張しても周囲の目が兄にしか向かなかったからかもしれないし、空気として長く生きすぎたせいかもしれなかった。

「そうだね、今日は大した予定もないし、君に付き合うよ。まずは……何から話そうかな」

少々気だるげなナレースは、ミヤを促《うなが》して部屋へと戻る。ダラダラと動く様子は神官長らしく見えないが、これが彼の通常運転らしい。

ナレースが指示したのだろうか。しばらくすると、部屋の前の廊下に、二人ぶんの朝食を載せたカートが届けられていた。パンやサラダなど、元の世界と変わらない食事内容だ。

部屋の中央に置かれた白いテーブルに、二人で朝食セットを運ぶ。

自《みずか》らお茶の用意をして、椅子に腰掛けたナレースは、ミヤにも向かいの席に座るよう促《うなが》した。

昨夜はマンションの部屋でコンビニおにぎりを食べたきりだったので、食事を用意してもらえるのはありがたい。プッチー用に、細かく刻《きざ》んだ肉まで手配されていた。

「いただきます」

「ちょっと待って、ミヤ」

「え……？」

食べ始めようとしたミヤを止め、ナレースは朝食の上に手をかざす。

（何かしら？）

彼の手の下が光った気がしたが、角度のせいでよく見えなかった。

「はい、もういいよ」

「何をしたの？　食べる前のお祈り？」

「そんなところかな。ミヤと僕が毒に当たりませんように。食事の中に異物が入っていませんように……って」

割と現実的なお祈りの内容だ。

おののくミヤを尻目に、プッチーの餌《えさ》にも同じお祈りをしたナレースは、普通に食事を始めた。

彼の様子を見て、ミヤも料理にそっと手をつける。

「まずは、昨日説明し損ねた、この国の文化と国民性について話をしようか。きっとミヤは、皆の対応に腹を立てていると思うし」

食事をしながら、ナレースが話を始める。食欲旺盛《おうせい》なプッチーは、この時点ですでに餌《えさ》を完食していた。

「その通りよ。でも、それよりも不可解だという思いの方が強いわね」

そう答えると、ナレースは萌黄色《もえぎいろ》の瞳を細めて苦笑いした。整った顔立ちの彼は、どんな表情をしても美しく見える。

「グレナード王国では、『人気』というものが、何より重要視されているんだよ」

「『人気』って？」

意味は分かるが、具体的にどういうことなのかが、いまいちピンとこない。

「うーん、簡単に言うと、見た目の印象や雰囲気が国民の好感度に直結しているということかな。そして、国民たちは『人気』のあるなしで露骨《ろこつ》に人を区別する。昨夜のように最初に召喚された際のあの冷たい対応は、悪意からではなく、国の風習による自然なものらしい。

「その人の外見に、好意が左右されるということ？」

「外見だけではなく、地位や功績も複雑に絡まりあって『人気』が決まる。ステータス画面を見れば、自分の『人気』が現在どのくらいかが分かるはずだよ」

「そういえば……！」

ミヤは自身の『人気』の項目が、最低だったことを思い出した。

「異世界から来たばかりのミヤは、分かりやすく見た目で判断されたのだろうね。別にミヤの外見が悪いと言うわけではないよ。この国で好まれる女性のタイプは、華やかな美人や美少女だというだけで」

ナレースは、微妙なフォローを入れた。

「無理に気を使わなくて大丈夫よ。私の外見は、元の国でもパッとしない方なの」

現在は女性向けの神官服を借りているので、服のセンスだけは向上したかもしれない。

「僕は、君の外見が悪いとは思わない。むしろ、清楚《せいそ》で……」

「あ、そういう慰《なぐさ》めは、いらないわ」

優しい彼の言葉は、ミヤにとっては気休めにもならない。

まだ何か言いたそうなナレースだったが、ミヤの視線を受けて脱線していた話を戻した。

「グレナードは、国が大衆を操りやすいよう、積極的に『人気』を利用している。それが行きすぎて、あんな風におかしなことになっているんだ。この国が特殊なだけで、世界中が『人気』に左右されているわけではないよ」

「そうなの……。とにかく、私はグレナードで『人気』がないのね？」

「残念ながら」

分かってはいたが、人からはっきり言われるとショックである。女心は複雑なのだ。

「ところで、この国は大きいの？」

そう尋ねると、ナレースは首を横に振った。

「大陸の中央にある小国だよ。歴史は古いけれど、国力は弱い。聖女に頼って宗教的な権威を得ることで、なんとか威厳を保っているだけだ」

「異世界から聖女を呼び出せるくらいだし、もっと大国なのかと思っていたわ」

「聖地を所有しているから、宗教的な意味での力が強いだけだ。僕はここで神官長をやっているわけだけど、実質貧乏クジだしなあ……」

「神官長なのに？」

「言ったでしょう？　僕は本部から派遣されている身だって」

ナレース曰《いわ》く、彼はもともと本部で働く高位の神官だったそうだ。

「なんで貧乏クジなの？」

「危険だからだよ。この時期グレナードに送られる神官は、聖女の巡礼《じゅんれい》の旅に同行しなければならない。それに、ここは田舎《いなか》で保守的なお国柄だからつまんないし」

「……確かに。それは、嫌よね」

「何事もなく仕事を終えられることも多いけど、中には道中で魔物に襲われ死亡した神官もいる。現に、前回と前々回に派遣された神官長は亡くなっているんだ。詳しい死因は不明だけれどね。それを調べるという理由もあって、今回の派遣は早いうちから決まっていた。で、魔法の力が強く、後ろ盾《だて》のない若手で二十九歳の僕が監視役に選ばれた」

上層部に強いコネを持つ者は、グレナード行きを免除されるらしい。

「高位の神官がそんな危険な役目をするの？　他の人じゃダメなのかしら」

「ある程度の地位がないと、グレナードの神官長に任命できないんだ。なんたって、聖女と直《じか》に対面する可能性があるわけだからね」

確かに信仰対象である聖女のもとへ、下《した》っ端《ぱ》を派遣するわけにはいかないだろう。

「そこで、ナレースに白羽《しらは》の矢が立ったのね？」

この若さで高位の神官になるのは、きっと大変だったはずだ。

ミヤは、努力の報《むく》われないナレースが気の毒だと思った。

「僕は庶民出身で神殿で育った孤児だし、さらにはちょっとしたミスをした直後だったから」

「ミスって？」

「上司の娘との結婚を断って、相手を怒らせた」

「……どこから突っ込んでいいのか分からないわ。そもそも、神官って結婚できるものなの？」

「もちろん。ラウラ教の神官は結婚できる。上司の娘との結婚が、後ろ盾《だて》を得て出世するための手段という認識も一般的だよ」

住む世界が違いすぎる話を聞いたミヤは、あんぐりと口を開けた。

「けど、断ったのよね？　ナレースは、政略結婚をしたくなかったということ？」

そう聞くと、彼はふるふると首を横に振る。野心がないわけではないらしい。

「相手のお嬢さんが、地元で悪名高い尻軽女だったんだ。親の方も、本当は庶民になんて嫁《とつ》がせたくなかったみたいだけれど、そんな娘だから他に嫁《とつ》ぎ先がなくてね。僕に押し付けるしかなかったんだよ。で、断ったらこれだ」

「酷《ひど》い話ね……」

「勤務態度に多少難はあるけれど、僕は強力な魔法の使い手だし、神殿の中でも優秀な方だ。問題児の引き取り先として、ちょうどいいと思われたんだろうね」

「いや、勤務態度は改めようよ」

神官として優秀かどうかの判断には、仕事における能力はもちろん、持っているスキルの種類や高さでも評価されるらしい。

（……そんなにやる気がないのに、本当に、どうして神官をやっているのかしら？）

彼の行動は、いまいちよく分からない。じっとナレースを見ていると、彼が急に質問してきた。

「聖女を信仰って、ぶっちゃけ妙だと思わない？」

「へ？　変って？」

「こんなことを言うなんて神官長失格だけど。いくら異世界出身とはいえ、普通の人間を神格化するって、どうなのと思うわけよ。ミヤたちを見て、余計にそう思った」

「……それは、私も同感だけど」

やる気こそないが、彼の感覚はいたってまともだ。

気持ちを切り替えたミヤは、今度は聖女の仕事について質問する。

自分のためにも、内容を詳しく知っておきたい。

「ナレース、聖女の仕事の詳細を教えてもらっていいかしら？　国王が言ったように、聖地を浄化するために旅をするのよね？」

そう尋ねると、彼はもちろんだと頷《うなず》いてみせた。

「僕らはその旅を『聖地巡礼《じゅんれい》』と呼んでいる。聖地巡礼《じゅんれい》は、グレナード国内にある三ケ所の聖地を回って、そこに建てられた石碑を浄化するんだ」

「浄化しなきゃならない場所って、三ケ所もあるの？」

「うん。北、中央、南の三つ。それを全部回るんだよ」

「危険な仕事なのよね？　あの国王は魔物が出る過酷な旅だと言っていたわ」

「そうだね。昔に比べて格段に安全にはなったけれど、絶対とは言えないし。僕も、できれば同行を遠慮したい……まあ、無理だけど」

ナレースの淹《い》れてくれた紅茶を飲みつつ、ミヤは大きな溜息《ためいき》をついた。

(やっぱり、危険なのね)

ナレースは、さらに詳しい話を続ける。

「移動手段には、転移用の魔法陣を使用する。大昔の聖女が聖地巡礼《じゅんれい》で使ったものが、そのまま城内に残されているんだ。たぶん、彼女の持っていた能力で作ったものなんだろうね。能力は、聖女によって毎回異なるみたいだから」

「……魔法陣？」

首を傾《かし》げるミヤを見て、彼は説明を付け加えた。

「ええと、魔法陣っていうのは、転移魔法を使える者が作った円形の陣のことで……」

ミヤの知るファンタジー知識とあまり相違はないようだ。

(ステータスの能力欄で『魔法』を使える人がいたけれど、魔法は能力の中の一種なのかしら？この世界では、やっぱり普通に魔法が使われているのね)

ナレースは、少し困った風に尋ねてくる。

「ミヤの世界に、魔法はなかった？」

「魔法はないけれど、そういう概念《がいねん》はあるわ。あくまで空想の産物だけれどね」

「なら、理解が早いかも。ステータスも、ある意味魔法の一つだよ。それ以外の魔法は、小さな魔法陣を自分の前に作り出して、そこから放つものなんだけど。魔法陣を出している間だけ――つまり一時的にしか使えない。一方、過去の聖女が作った城内の魔法陣は、なんらかの能力で石に直接陣を刻《きざ》み込んであって、半永久的に使うことができる。魔法陣の上に立つと、一瞬で聖地の近くへ移動することができるんだ。けれど、その先は徒歩だから、移動中に魔物に遭遇することもある」

「なるほど。だから国王は、道中で魔物が出るって話をしていたのね」

「理解が早くて助かるよ。そういう物語を書いているからかな？　僕が読んだあの話は、聖女に関する内容のようだったし」

「あれは架空《かくう》の物語だから。私のいた世界では、魔法なんて使えないと分かっていても、魔法のある世界に憧れて、そういう話を読んだり書いたりしている人がたくさんいたの。私もその一人だった。でも、こんな展開を望んでいたわけではないわよ」

「面白そうな世界だね。ミヤ、本物の魔法を見てみたい？」

「え……？」

「ステータスは使えたみたいだけれど、それ以外の……能力としての魔法はまだ見たことがないでしょ？」

ミヤが瞬《まばた》きをした瞬間、軽く手を振ったナレースの手のひらに小さな魔法陣が現れた。

「これが、魔法？」

「うん、僕が使える種類は限られているけれど」

続いて、彼の手のひらから小指の大きさほどの炎が噴《ふ》き出す。

「すごい、手品みたいね」

ナレースのステータスが気になったミヤは、彼に『ステータス看破《かんぱ》』を使ってみた。

（ステータス看破《かんぱ》の能力も、魔法なのかしら）

近くに出ている赤い光に集中すると、四角い画面にナレースの情報が並ぶ。

〈ステータス〉
種族：人間
名前：ナレース・アルテーラ
年齢：二十九歳
職業：ラウラ教本部所属高位神官・グレナード王国担当神官長
能力：炎属性攻撃魔法・回復魔法（解毒《げどく》などの状態異常回復を含む）
人気：高

相変わらず親切設計のステータスは、補足説明まで書かれていて分かりやすい。

（この世界の基準でいうと、ナレースはかなり優秀な部類ではないかしら。回復魔法が使えるなんて、神官だけでなく、お医者さんとしてもやっていけそう……！）

すでに何人もの情報を勝手に覗《のぞ》いていたミヤだが、ここまで優《すぐ》れたステータスを見たのは初めてだった。

「ねえ、『自分のステータスを見る』以外の魔法を使える人は珍しいの？」

「そうだね。魔法は『能力』の一種だけれど、能力を持っている人物自体が珍しいから」

にもかかわらず、彼は二種類もの魔法を所持している。これはすごいことではないのだろうか。

「さっき言っていた通り、あなたはとても強いみたいね。炎の攻撃魔法と回復魔法、二つも使えるなんて……！」

それを聞いたナレースは、まじまじとミヤを見つめた。

「……本当に、他人のステータスを見ることができるんだねぇ」

「ええ、見えているわ」

「ミヤ、君の能力はステータス看破《かんぱ》だけなの？」

「ええ、他に魔法は使えない。でも、加護に物理攻撃強化・身体能力強化があるわ。どんな効果かは分からないけれど、体が強くなったりするのかしら？」

「加護を持っているのは異世界人だけみたいだよ。僕は聖女の加護として有名な浄化能力しか知らないから、その質問には答えられない。ごめんね？」

殊勝《しゅしょう》に謝る美形神官を見て、ミヤは焦る。

「い、いいの！　前例がないことなら仕方ないし」

「ミヤには、何か特別な役割があるのかもしれないね。できれば、君が聖女ではないと証明できればいいんだけれど。国王が言った通り、ステータス看破《かんぱ》はとても珍しい能力なんだ。僕も君以外でその能力を持つ人間に会ったことがない」

「そうなのね……」

「残念だけど、もし君が他人の能力を言い当てても、さっきみたいに相手にされないか、認められないと思う。証明するための時間すら取ってもらえないだろう。僕がお膳立《ぜんだ》てしても同じだろうね。国王はすでに結論を下してしまったし、やっぱり君が『守護者』であるという証明は難しいから……一回は巡礼《じゅんれい》に出ないといけないかも」

「確かに、そうよね……うう、理不尽」

モモを聖女だと証明することはできても、ミヤ自身の職業を証明する方法はない。

「けれど、君に浄化ができないと分かれば、少なくとも聖女でないことは周りも納得せざるを得ない。聖女なら聖地の石碑に触れるだけで、その場を浄化できるはずだから」

つまり、最低一度は危険な旅に出なければならない。

嫌だと逆らったところで、相手はグレナード王国の頂点に立つ権力者たちだ。きっと力ずくでも連れて行かれることになるだろう。しかし、危険な魔物の巣窟《そうくつ》へ向かうのは嫌だ。

「ああ、どうしよう。今からでも逃げた方がいいかしら？」

本気で脱走を考え始めたミヤを見て、ナレースが焦った表情を浮かべる。

「落ち着いて、ミヤ！　まず、城を出ること自体が難しいから！　それに、一人じゃ生活できないでしょう!?　住むところや食べ物はどうするの!?」

ナレースの言葉に、パニックになりかけていた頭が冷える。

そうだ、自分でも「知識をつけるまでは、迂闊《うかつ》に城を出ない方がいい」と判断していたのに。

「……そうだったわ、ごめんなさい。今逃げ出したら、あなたにも迷惑をかけてしまうところだった」

「いや、それはいいんだけど。僕だって、同じようなことを考えた時期もあったし」

「ナレースだって聖地に行きたくないのに、ここで働いているんだものね。私、自分のことしか考えていなかったわ」

ミヤの言葉に、ナレースは小さく溜息《ためいき》を吐くと、彼女の肩をポンポンと叩いた。

（彼なりに、慰《なぐさ》めてくれているのかしら……？）

異性に触れられているというのに、不思議と嫌な感じはしなかった。

「僕はともかく、ミヤは一応聖女候補でしょ？　逃げたら追っ手がかかって、下手をすると牢屋に監禁されるかもしれない」

「監禁……!?」

部屋は用意してくれないくせに、牢屋はしっかり用意するなんて……！

（酷《ひど》い！）

ミヤは、再びグレナード王国に腹を立てた。

「最初の聖地は、魔法陣から石碑までの距離が一番近い。そこで聖女じゃないと証明するのが一番安全だと思うよ。もちろん、僕も同行するし」

ナレースが一緒に来てくれるのは心強い。ミヤは静かに頷《うなず》いた。

「証明できたら、すぐに王宮を出られるのかしら？」

そう言ってナレースを見ると、思ったよりも険《けわ》しい表情の彼と目が合った。

「大丈夫。ミヤは、神殿が——僕が責任を持って保護するから」

発せられた真摯《しんし》な言葉に、ミヤはぱちぱちと瞬《まばた》きしながら彼を見た。

「どうしてそこまで、私に良くしてくれるの？」

「そうだなあ、強《し》いて言えば……ミヤのことが気に入ったから？」

「えっ？」

「混乱して泣き出しても不思議ではない状況なのに、君は腹を立てつつも、生き残る方法を一生懸命考えている。その上、他人である僕の心配までしてくれるんだもの。そういう人は応援したくなるよ」

「私、動揺しているし、全然冷静じゃないわ。今ここにいられるのだって、あなたが助けてくれたおかげだし。面と向かって国王や王子に文句を言えない小心者だし」

「それ、実行してたら不敬罪《ふけいざい》だよ？　何も言わなくて正解だ」

ナレースは微笑みながら、ミヤに視線を合わせる。

「だから『ふざけんなー！』って怒っていたことは、僕とミヤだけの秘密だね」

「うう……」

そういえばナレースに声をかけられたのは、怒りに任せて叫んだ直後だった。

忘れていた事実を思い出し、再び羞恥《しゅうち》に駆《か》られる。

「その言葉を聞いてね、感情のままに叫ぶ君が眩《まぶ》しくて、手を貸してあげたいなと思ったんだ。僕はあんな風に行動できないから」

「いや、あれはあの場に誰もいないと思っていたからで。誰かがいると知っていたら、私もあんな真似《まね》はしないわよ？」

首を傾《かし》げると、ミヤはそれでいいとなぜか笑われてしまった。よく分からない。

「とにかく、僕はミヤみたいにまっすぐな人間は割と好きだから、力を貸すこともやぶさかでない。嘘ばかりの場所で生きているとね、正直な人間に癒《いや》しを覚えるんだ」

「いや、だから私は……」

「口でなんと言おうと、ミヤは考えていることが顔に出る。短い間なら誤魔化せても、近くで過ごしていると分かりやすいと思うよ」

「よく見ているのね」

ミヤは、ナレースの言《げん》に納得した。

仕事がそこそこうまくできるのは、客とは短時間しか接しないから。時間をかけて関係を築《きず》く必要のあるプライベートでの人付き合いが苦手なのは、そこに理由があるのだろう。

「君のことは、つい目で追ってしまうんだ」

ナレースが意味ありげに見つめてくるが、その視線が何を意味しているのかよく分からない。

（感情を隠すのが下手で危なっかしいということ？）

悩むミヤに気を使ったのか、そこでナレースは話題を変えた。

「もちろん、君の書いた小説も魅力的だよ？」

「あ、あの内容は忘れてちょうだい！」

思わず叫んでから、ミヤはふと気がついた。

（私、感情を隠すのは別に下手じゃないと思うけど？　ナレースの前ではつい本音が出てしまうだけで……）

彼の近くは居心地がいいから、変に構えず自然体で話すことができるのだ。

そんなミヤの考えなど知らずに、ナレースは話を継いだ。

「……続きが読みたいな、この間はいいところで終わってしまったから」

「うええっ⁉」

「あはは、面白い顔！　ミヤは恥ずかしがるけど、僕は君の話が好きだよ。ね、ダメかな？」

ニコニコと微笑むナレースを見ていると、いつまでも意地を張っているのが馬鹿らしく思えて来た。

（確かにナレースには、何かお礼をしたいわ。でも、この世界で私にできることなんて少ししかないのよね。家事を手伝うにしても、ここの道具は日本のものとは違うし）

今のミヤは彼に世話になりっぱなしで、なんのお返しもできていない。

（書きかけの小説を渡すくらいじゃなんのお礼にもならないけど、それでナレースが喜ぶなら……）

気づけば、ミヤは首を縦に振っていた。

「いいの？　本当に？」

「宿代の足しくらいにはなるかしら？」

「もちろんだよ！　でも、宿代なんて気にしなくていいからね」

「いや、気にするわよ！　そういうことなら、手書きになるけど続きも書くわ。私にはそれくらいしかできないから」

ミヤの言葉に、ナレースは萌黄色《もえぎいろ》の瞳をキラキラと輝かせた。

（本当に、気に入ってくれていたんだ）

自分が書いたものが評価してもらえるのは、純粋に嬉しい。

こうしてミヤは、自作の小説をナレースに提供することを約束したのだった。

「ああ、それと。異世界人である聖女の保護も神殿の役目だから、君の身柄も預かってほしいと神殿本部に報告しておいた。今まで聖女以外に異世界人が召喚された例はないらしくて、どうなるかはまだ分からないけれど。それまでは、僕が責任を持ってミヤを守るよ」

「ありがとう」

真摯《しんし》な態度で見つめられ、思わず鼓動が速くなる。

「ただ、ここから神殿本部まではかなり距離があるんだ。向こうからの返事は遅くなると思う。でもこの城にいるよりは、神殿で保護された方が安全なはずだよ」

ナレース曰《いわ》く、神殿はもともと、浄化を終えた聖女を保護する役割を持っているそうだ。ミヤは聖女ではないが、同じ異世界人ということで保護してもらえる可能性は充分にある。

ミヤは、ナレースの言葉に黙って頷《うなず》いた。

膝に乗って来たプッチーを抱き上げ、白い毛に顔を埋《うず》める。プッチーは飼い主の心情などお構いなしで、テーブルの上のパンくずを気にしていた。

だが、天真爛漫《てんしんらんまん》なプッチーの行動は、孤独で寂しいミヤの心をいつも慰《なぐさ》めてくれるのだ。


朝食を食べ終わってしばらくすると、ナレースとミヤのいる部屋に新たな客がやって来た。

現れたのは、銀髪に褐色《かっしょく》の肌と赤色の瞳を持つ、美しい容姿の青年騎士だ。

彼は元気よく挨拶しながら入室し、なぜか親しげな様子でミヤの隣の椅子に腰掛けた。

「はじめまして、聖女様」

「私は聖女じゃないけれど……はじめまして？」

戸惑うミヤを見て、ナレースが彼を紹介する。

「彼は騎士のシェタ、僕のこの国での数少ない友人だよ。彼も他国出身だけれど、グレナード王国に仕えているんだ。騎士の仕事上、聖女の聖地巡礼《じゅんれい》に同行する。シェタ、彼女はミヤというんだ。素敵な文章を書く女性だよ」

「ナレース、小説のことは言わなくていいから！」

慌てて彼を遮《さえぎ》ると、シェタはミヤの態度に興味を示し始めた。

「広間で見た時となんだか印象が違うけど、ま、よろしくな！」

輝く笑顔が眩《まぶ》しすぎる。

「え、ええ……よろしく？」

シェタは何が面白いのか、赤い目を細めてミヤをじっと見つめてきた。

「な、何かしら？」

「ナレースが褒《ほ》める小説に興味があるんだが、俺にも読ませてくれないか？」

「ええと、私が趣味で書いた素人《しろうと》作品よ？」

「いいじゃないか。俺は気にしないぜっ！」

彼の真っ白な歯がキラリと光る。

(私が気にするのよー!!)

窺《うかが》うようにナレースを見ると、彼は無言でうんうんと頷《うなず》きながら立ち上がった。

「ミヤ、シェタにも読んでもらっていいかな？　彼は見かけによらず読書家なんだよ？」

「いやいや、読書家とかハードルが高すぎるから！　そんな人に私の作品を読ませちゃダメだからー！」

「ミヤは反応がいちいち面白いね」

ヘラヘラ笑うナレースは、原稿用紙を持って来てほしいと頼んでくる。

(うう……家主《やぬし》にそんな風にお願いされると、断れない)

しぶしぶ部屋に取りに戻ったミヤは、原稿を彼に渡した。

「別にナレースが言うほど、素敵なものではないのよ？」

そう前置きしてシェタに紙束を渡すも、彼はウキウキした様子で文章に目を通し始めた。

「へえ、ふぅん、これはいいな。こういう娯楽用の物語は珍しい。ナレースが読み終わったら貸してくれ。この国には、クソつまらない格式張った書物しかないからな」

「でしょう？　シェタなら気に入ると思った」

じとっとした視線を向けるミヤに気づかず、爽《さわ》やかな騎士は小説を熟読《じゅくどく》し始めたようだ。

（ナレースの友人だし、悪い人ではないんだろうけど。書いた本人の前で堂々と読むのは、やめてほしいかも！）

そんなミヤの思いが届いたのか、ふとシェタが口を開く。

「そういえばさ、聖女様は、旅の経験はあるのか？」

「私は聖女じゃないから、ミヤでいいわ。――旅行ならしたことはあるけど、巡礼《じゅんれい》の旅よりずっと安全なものよ。私の国は、とても平和だったから」

「ということは、荒事《あらごと》とは無縁？　じゃあ聖女として活動する際は、気をつけないとな」

「気をつける？　ああ、魔物にってことね？」

「いいや、それだけじゃない。むしろ魔物は、正面から来るぶんまだマシだ」

そう言われて、ミヤはナレースの忠告を思い出した。

「すでに聞いているかもしれないが、この国には聖女がいない方が都合のいい者や、他国の間者なんかが紛《まぎ》れ込んでいる可能性がある。でも、大丈夫だって。怪しい相手には、とりあえず剣を叩きつけておけばオーケーだ！」

あくまで爽《さわ》やかに、シェタは物騒な内容を口にした。

「いやいやいや、剣とか使ったことないから！　というか、怪しいってだけで証拠もないのに剣を叩きつけちゃ駄目でしょ!?」

「あはは、ミヤは真面目なんだなぁ」

他国出身のためかミヤを冷遇しない姿勢には救われるが、不良神官長に加え、こんな危険思想を持った騎士まで雇っているなんて、グレナードの人事は本当にどうなっているのだと思ってしまう。

ナレースは、そこでようやくシェタにミヤの状況を説明した。

「ふぅん、そうなのか。ナレースが言うのなら、事実なんだろうな……それにしても、守護者ねえ。珍しい職業だな、面白い」

シェタは瞳を煌《きら》めかせてミヤを見た。そんな風に興味を抱《いだ》かれる理由が分からず、ミヤは困惑する。

「名前からすると、戦闘職だよな？」

その質問にナレースは、ミヤに物理攻撃の加護があることも打ち明けた。

「……というわけで、彼女自身は普通の女性だけれど、聖女とは異なる能力を持っているみたいなんだ」

「それはますます興味深い。こちらの世界で聞いたことのない加護だからな」

全てを見透《みす》かすような赤い瞳にじっと見つめられ、ミヤは落ち着かない気分になった。

「シェタ、近づきすぎ。ミヤは未婚の女性なんだから、そういう態度はダメだよ」

ナレースが注意しても、シェタはミヤから離れない。

「未婚だから近づいているんだ。既婚者相手にこんな真似《まね》はしないって。なあミヤ、まだお相手がいないなら、俺なんてどう？」

「……はいはい。からかわないでくれる？」

自分が良いところなしだという自覚はあるので、軽い冗談として流す。

空気という存在は、それに見合う立ち位置をわきまえていなければならない。

ミヤは自分のことを、よくよく理解しているのだ。これくらいの言葉で浮かれるには、苦い経験をしすぎている。

肩をすくめたシェタは、読み終わった小説をテーブルに置くと、聖地巡礼《じゅんれい》についての話を始めた。

騎士目線での情報が得られるのは、正直ありがたい。

「巡礼《じゅんれい》の準備は着実に進められているよ。今日にでも日程の詳細や、同行するメンバーについて知らされるんじゃないか？　ちなみに俺も同行メンバーに入っていると思うから、よろしくな！」

ここで彼に出会えたことは運が良かった。

シェタとナレース、この二人が、今のミヤの生命線だ。

（そうだ、シェタのステータスも見せてもらおう）

勝手に覗《のぞ》くことに罪悪感を覚えつつも、今後のためにと、ミヤはシェタのステータスを確認しようとしたのだが……

「おっと、もう行かなきゃ！」

シェタは軽《かろ》やかに身を翻《ひるがえ》して、ナレースの部屋を出て行ってしまった。

第2章　サバイバル聖地巡礼《じゅんれい》

ミヤが再び呼び出されたのは、最初に召喚された広間だった。

しかし、招集をかけた国王の姿はない。急に体調を崩したとかで、休んでいるらしい。

「それでは聖女殿には、今から旅立ってもらう」

国王不在ということで、跡継ぎであるヒゲ王子が場を取り仕切っていた。彼を補佐する弟の長髪王子とショタ王子の後ろには、微笑みを浮かべたモモもいる。

彼女はグレナード王国が用意したであろう、純白の清楚《せいそ》なドレスに身を包んでいた。同色の帽子を被《かぶ》って佇《たたず》む彼女は、誰が見ても聖女に見えるだろう。

(私には服の支給さえなかったのに！)

ナレースがいなければ、未だにスーツを着続ける羽目になっていたはずだ。

ミヤは憤慨《ふんがい》しつつ、ヒゲ王子を見る。

「今から、ですか？　なんの話も伺っていないのですが。そして、用意もできていないのですが!?」

「説明も、用意をする必要もないだろう。ただ、聖地を浄化してくるだけだ」

聞く耳を持たない王子の背後では、モモが微笑み続けている。

だが、その目は笑っておらず、ミヤに対する暗い敵意が感じられた。

(なぜか分からないけど、やっぱり嫌われているみたい！)

このまま言いなりになってはいけないと、ミヤは自身に活《かつ》を入れる。この場で自分の命を守れるのは自分だけだ。

震える声を絞《しぼ》り出して、ミヤは王子に訴えた。

「せ、聖地巡礼《じゅんれい》には危険が伴《ともな》うと聞きました。それに、この場には私しかいませんが、護衛などはつけていただけるのですよね？　仮に私が聖女だった場合、途中で死んでしまえば、この世界は救われません」

身を守るため、あえて聖女である可能性を主張してみる。

だが、王子は横柄《おうへい》な態度を変えなかった。

「最初の聖地に関しては、心配いらない。すぐ近くまで魔法陣で飛べるからな」

それ自体は、ナレースに聞いていた通りだ。聖地の中央にある神殿は、魔法陣から少し歩く程度の距離らしい。

「ですが……」

その途中で魔物に会う可能性はある。たった一人で移動するなんて、もってのほかだ。

なのに目の前のヒゲ男は、ミヤを単独で放り出す気でいる。

(なんで!?　私も、聖女候補なんだよね？)

さすがのミヤも、不満を抑えるのが難しくなってきた。

とはいえ、ここで怒鳴れば不敬罪《ふけいざい》。理性を総動員して言い訳を考える。

「もし私が魔物に殺されれば、せっかく呼び出した聖女が死ぬことになりますよ。それでもいいとおっしゃるのですか？」

丁寧だが反抗的な発言をしたミヤに対し、ヒゲ王子が気色《けしき》ばむ。

しかし、彼の背後に立つモモは余裕の表情を浮かべていた。甘えるように、ヒゲ王子の腕に両手を回す。

（えっ？　二人はそういう関係なの？）

彼女の態度に、気を取り直したのだろうか。

王子は開き直ったように立ち上がり、ミヤへ近づいて来た。

「ここには、聖女候補がもう一人いる。お前に何かあったところで問題はない」

「しかし、彼女が聖女でなかった場合は……」

「また呼び出せばいいだけだ。聖地が浄化されないまま聖女が消えた場合、再度召喚した前例がある」

彼の言葉を聞いて、ミヤは嫌な予感がした。

（この王子、私が死んでもいいと思ってる？）

ただ、異世界人である王子たちはともかく、それをニコニコと見守るモモが不気味だ。

なぜ悪意を向けられているのか分からないし、何を考えているのかも読めない。

（同じ世界から呼び出された人間が大変な目に遭《あ》っているのに。それに自分だって元の世界に戻れないかもしれないのに、どうしてそんな風に微笑んでいられるの？）

そこまで恨まれる覚えのないミヤは、ただただ困惑した。

(今から逃げ出すことはできるかしら。ナレースは無理だと言っていたけれど、どちらにせよ命が危ういのなら、生存率の高い方を選ぶべきよね)

そう思って周囲を見回すが、入り口はいつの間にか封鎖されており、兵士たちがミヤとの距離を詰めてきていた。

ヒゲ王子の命令で、ついに彼らはミヤの両腕をがっちりと掴《つか》み、部屋の奥へと引きずっていく。

そしてここに、ナレースとシェタはいない。

「ちょっと、やめて！　やめてってば！」

ミヤが暴れ始めたその時、白い影が足元を横切った。それは素早い動きで兵士に飛びかかる。

「プッチー、なんでこんなところに!?　部屋で寝ていたはずじゃ……」

気づかなかったが、プッチーはミヤの後をついて来ていたようだ。そして今、飼い主の危機を感じ取り、助けようとしてくれているのだ。

ミヤは感動した。

(ズボンの布を噛んでいるだけだから、相手へのダメージはゼロだけど……！)

それでも必死に食らい付く様子に、兵士は少し怯《ひる》んでいる。

「このっ、なんだこの生き物は！　魔物か!?」

この国の人々は、フレンチブルドッグを知らないらしい。

(そういえば召喚の時も、プッチーのことを不思議がっていたっけ)

ミヤはプッチーに加勢すべく、必死に抵抗して兵士から離れようとする。

しかし、暴れている最中に増援が来て、プッチーもミヤもとうとう捕まってしまった。

まとめて部屋の奥へと連行される。

「ちっ、手間をかけさせやがって！」

もはや、聖女様に対する配慮の欠片《かけら》もない。

部屋の奥には、黄色い光を放つ三つの丸い模様があった。あれが魔法陣なのだろう。

「ほら、さっさと行け！」

無理やり陣の中へ突き飛ばされると同時に、光が強く大きくなる。

その瞬間、ミヤの目の前の景色が白く染まった。

※　※　※

気がつくと、ミヤとプッチーは朽《く》ちた庭園にいた。

周囲には苔《こけ》むした噴水や像が点在し、白い薔薇《ばら》の花が咲き乱れている。

少し離れたところに神殿風の丸い屋根の建物が見えたが、そちらも廃墟《はいきょ》同然の佇《たたず》まいだ。

（魔法陣で、転移させられてしまったのね）

足元の魔法陣は、中央に立っても、なんの反応も示さない。

（ここから戻ることはできなそう。どうやって城へ戻ればいいのかしら）

この場にいても仕方がないので、建物へ向かって移動してみる。

(魔物が出て来たらどうしよう)

恐る恐る前へ進みながら辺りを見回すが、魔物はおろか、人のいる気配もない。

庭園の中は鳥の声さえ聞こえず、手入れをされていない植物が風にそよぐ音だけが耳に届く。

不安から、少し足早になった。

(とりあえず、落ち着ける場所に移動してから考えよう)

途端、プッチーがそわそわし始め、耳をピクピクと動かした。

不意に、遠くで狼《おおかみ》の遠吠《とおぼ》えらしき声がする。無音の庭園の中、その音はやけに大きく響いた。

(やばい、ちょっと嫌な予感がするわ！　とりあえず、あの神殿風の建物の中に逃げよう！　廃墟《はいきょ》だけれど、扉を閉めればなんとかなるはず！)

早足から駆《か》け足へ、なりふり構わずミヤは走り出した。もちろんプッチーも一緒だ。

草をかき分ける足音が背後から聞こえて来る。それは徐々に近づき、さらには獣《けもの》の荒い息遣いも混じり始めた。

響く足音から、かなり大きな獣《けもの》だと推測できる。

(怖くて振り向けない！　ここは、後ろを見ずに全力で逃げるべきよね！)

もつれる足を必死に動かし、ひたすら廃墟《はいきょ》を目指す。しかし、あと少しで辿《たど》り着くというところで、足に激痛が走った。

「ああっ！」

獣《けもの》に噛まれたのだ。

勢い余って、ミヤはその場に転んでしまう。プッチーが足を止めたのが視界の隅《すみ》に映った。

「プッチー、来ちゃダメ！　逃げて！」

とっさにプッチーを制止する。さっきのようにミヤを庇《かば》えば、プッチーが逆に襲われてしまう。

ミヤにはその確信があった。

突如、片腕にも痛みが走り、目の前に毛むくじゃらの大きな顔が迫る。

それは、全身が真っ黒な毛皮に覆《おお》われた、巨大なハイエナのような生物だった。

ところどころに紫色に光るぶち模様がある異様な外見から、これが魔物かとミヤは気づいた。

この世界の魔物の多くは大型で攻撃性が強く、人間を餌《えさ》だと認識しているらしい。非常に危険な存在だ。

「あ、あ……」

恐怖で動けず、反撃することも叶わない。プッチーはミヤの言いつけを守っているのか、寄って来る気配はなかった。

（なんで、なんで私だけ、こんな目に遭《あ》うの⁉）

そもそも、異世界へ飛ばされたこと自体が不可解だ。

見知らぬ場所に放り出され、見た目が悪いという理由で冷遇され、こうして殺されそうになっている。

（嫌だ、死にたくない！　でもこのままじゃ、私もプッチーも魔物の餌食《えじき》だわ……！）

所詮、ミヤはすぐに殺され、そのことを気にもとめられない『空気』……

（きっと、助けは来ない）

絶望と怒りと恐怖が入り乱れる中、ミヤはせめて目の前の魔物に一矢報《いっしむく》いようと思った。

（プッチーだけでも、逃がさなきゃ……！）

愛する小さな命を守らなければと覚悟を決めたその瞬間、ミヤの頭の中で、カチリと何かが切り変わる音がした。

運良く手元に落ちていた小石を拾い、魔物の目に向かって突き出す。

尖った小石は狙いを過《あやま》たず、予想よりもはるかに深く突き刺さった。確かな手応《てごた》えを感じる。怯《ひる》んだ魔物は悲鳴を上げてミヤから飛び退《の》く。

「う、ううっ」

片足と片腕を噛まれたミヤは、這《は》うようにしてその場を逃げ出した。激痛で意識が飛びそうだが、このままではいられない。魔物が再び襲いかかって来るのは時間の問題だと思われた。

「ぐっ、ううっ、扉……」

廃墟《はいきょ》の入り口まで辿《たど》り着き、扉の取っ手に手を伸ばす。建物の中にさえ入れば、魔物から身を守れるはずだ。

（早く扉を開けて、プッチーと一緒に駆《か》け込むのよ！）

しかし、この体勢では届かない。

なんとか身を起こそうと苦戦していると、すぐ後ろでうなり声がした。

きた。


（魔物が追いついてきた！）

振り返ると、先ほどとは別の個体がミヤを狙っていた。

ミヤの攻撃を受けた魔物は、少し離れた場所で死んだように動かなくなっている。

だが、もう近くに石はなく、相手を攻撃するすべはない。出血が酷《ひど》いせいか、意識も朦朧《もうろう》としてきた。

今度こそ終わりだと悟ったミヤは、きつく目を閉じる。

だが、いつまでたっても魔物は襲ってこない。

（あれ……？）

恐る恐る目を開けると、見知った背中と炎が見えた。

魔物の肉の焼ける匂いが周囲に広がるが、その白い神官服には汚れ一つついていない。

「ナ……」

名前を呼ぼうとしても、先ほどまでの恐怖と目眩《めまい》で声が出なかった。

代わりに、相手がミヤの名を呼ぶ。

「ミヤ！　もう大丈夫だよ！」

抱きしめられる感触と、何か温かいものが体の中に染み込んで来る気配がする。

すっと痛みが引いていき、朦朧《もうろう》としていた意識もだんだんはっきりしてきた。

「ああ、間に合ってよかった。ミヤ、話せる？　回復魔法を使ったんだけど、体は動かせる？」

気づけばミヤは、廃墟《はいきょ》の扉を背にしたナレースにもたれかかる形で介抱《かいほう》されていた。

はっきり言って恥ずかしいが、今はそんなことを気にしていられない。

「ん……」

青い顔でミヤを見つめるナレースを安心させたくて、ゆっくり腕を動かしてみる。

「動、いた」

続いて足も上下させると、こちらも問題なく動かせた。

「大丈夫、みたい。ナレース、助けてくれてありがとう。プッチーは？」

「ここにいるよ、木の陰に隠れていたようだね」

「よかった……」

プッチーの無事を知り、安心して力が抜ける。

そんなミヤを支えながら、ナレースがポツポツと話し始めた。

「ごめんね、ミヤ。まさか王子が、ミヤを一人で聖地に放り出すなんて思わなくて。怖い思いをさせたね」

「へ、平気よ。それより、回復魔法の力ってすごいのね」

いつまでもナレースにもたれかかっているわけにはいかないと、起き上がろうとしたが、体がふらつき、また後ろから彼に支えられてしまう。

「傷は全て治したけれど、体力まで戻せたわけじゃない。魔法をかけた反動でしばらく体に違和感も残るから、無理は禁物だよ」

「うん、ごめん。あの、ナレースは、どうやってここに？」

「城内のツテを使ってね。あの部屋に忍び込んで、こっそり転移したんだよ」

ナレースはあっさりと言うが、かなりまずい行為なのではないだろうか。

「そろそろ、建物の中へ入った方が……また、魔物が来るかもしれないし」

「それもそうか。ミヤ、僕に掴《つか》まって歩くといいよ」

「ありがとう」

扉を開けてくれたナレースを支えに、ミヤは痛みの消えた足を動かす。

「きゃっ！」

しかし、バランスを崩して転びそうになり、思わず彼に抱きついてしまう。

「ミ、ミヤ!?」

突然の行動に驚いたのだろう、とても慌てた様子のナレースは、顔も真っ赤になっていた。

「ご、ごめんなさい。いきなりしがみついちゃって」

そう言うと、彼はブンブンと首を横に振り、あからさまに話題を変えた。

「あ、そうそう。今回協力してくれたメンバーを紹介しておくね」

「え？　協力って……？」

ナレースはおもむろに、建物とは反対の方向を指差した。釣《つ》られて視線を動かすと、少し離れた場所に、シェタとメガネをかけた男性が立っている。

メガネをかけた赤毛の小柄な青年は、召喚時にヒゲ王子たちの後ろにいた地味な人物だ。

ふわふわした天然パーマの持ち主で、気が弱そうな顔立ちをしている。

「彼は、第三王子のアレク殿下だよ。今回、僕らの転移を手伝ってくれたんだ」

「王子……？」

ミヤは、ステータスを確認してみる。

〈ステータス〉
種族：人間
名前：アレク・ドラル・グレナード
年齢：二十四歳
職業：グレナード国第三王子
能力：毒耐性（微量の毒を無効化できる）・消音（自分の出す音に限り消すことができる）
加護：なし
人気：低

確かに、彼も王子で間違いないようだ。納得したミヤに、シェタが明るく声をかけてきた。

「やあ、ミヤ！　俺だよ、俺。助けに来たぞ！　もう大丈夫だ！」

オレオレ詐欺《さぎ》のようなセリフを吐くシェタは、笑顔でぶんぶんと両手を振っている。

「シェタも、ありがとう。でも、騎士の仕事があるのに勝手に来ちゃって大丈夫なの!?」

「平気平気、アレク殿下がいるし。アリバイ作りもして来たから！」

どんなアリバイを作って来たのか、若干不安である。

彼の後ろでは、アレクが先に倒れた魔物の死骸を観察し始める。

「うむ、この辺りでは珍しい、大型の野生の魔物ですね。獰猛《どうもう》なことで有名な、ベヒモスの子供です」

(子供？　この大きさで⁉)

再び目眩《めまい》に襲われそうになったミヤだった。ちなみにプッチーは、現在シェタにヨシヨシされている。

魔物の観察を終えたアレクは、今度はミヤの方に歩いて来た。

「いつか、こんなことが起きるだろうと思っていました。来て正解ですね」

淡々とした口調で告げる彼の声は小さく、やや聞き取りにくい。

「はじめまして、私は第三王子のアレクと申します。そこにいる神官長に依頼され、この場に参りました。聖女様、このようなことになり、申し訳ありません。これは父の意向ではないのですが……兄弟たちが少しやらかしまして」

「やらかす？」

「ええ、あなたを単身でこの地に放り出したこともそうですが。彼らと国王の間であなたの処遇を巡《めぐ》って意見が食い違うことがありまして。現在国王は軟禁状態に置かれています。今回のあなたの聖地巡礼《じゅんれい》は、全て私以外の王子たちの目論見《もくろみ》なのです」

「ええっ⁉　勝手に国王を軟禁して、周りは何も言わないの？」

「そうですね、父の人気は兄や弟より劣りますので。特に気に留める人間はいないようです」

「人気の問題じゃなくない!?」

「現状、人気のない私一人の力では、父を助け出すこともできず……神官長たちが聖女様の救出に向かうと知り、こうして馳《は》せ参《さん》じた次第です。もともと、私は妾腹《しょうふく》の第三王子、影が薄く権力もないので大した監視はつきません。問題なく転移の魔法陣を使用することができました」

グレナード王国では、見た目の印象や雰囲気を人気という評価基準で異様に重要視している。

この第三王子は、偏《かたよ》った文化の中でずっと蔑《さげす》まれてきたのだろう。彼には悪いが、確かに贔屓目《ひいきめ》に見ても、見栄えが良いとは言えない。

（まあ、私の仲間ということね）

そうしてミヤは、魔法陣で転移させられるまでに起こった出来事を彼らに話した。

「それで、一方的に命令されて、死んだら他の聖女を呼び出すと言われたのよ」

話を聞いたシェタとアレクは、不思議そうに首を傾《かし》げる。

ナレースは憤懣《ふんまん》やるかたないといった様子でかなり悪態をついていた。

（神官長としての立場からだけでなく、私のことで怒ってくれている？）

それだけで、今にも真っ黒に染まりそうな心が少し救われた気がした。

しばらくして、第三王子アレクが重々しく口を開く。

「おかしな話ですね。聖女召喚は大掛かりな魔法ですので、そう何度も使えるものではありません。確かに、過去には二回召喚した事例もありますが、それはたまたま条件が揃《そろ》ったからに過ぎない」

「なら、その条件が揃《そろ》えば、再び聖女召喚を行うことは可能なのですか？」

ミヤの質問に、アレクとナレースが揃《そろ》って首を横に振った。アレクは険《けわ》しい表情で口を開く。

「今回については、『いいえ』と言っていいでしょう。繰り返しになりますが、召喚の魔法陣を作るには、膨大《ぼうだい》な人員と時間が必要なのです。兄が言うほど、簡単なものではない。人員を手配するために、私がどれだけ苦労したか……」

メガネのブリッジを押し上げた彼は、とても疲れているようだった。

「そんなに大変なの？」

「召喚には、転移魔法が使える者を集めなければならないのです。しかし彼らも、今回の召喚でかなり消耗していますので、この先数年は大掛かりな技を使えない。聖女召喚は、それだけ手間のかかるものなのです」

呼び出された部屋にいた、白い服の人々を思い出す。疲れ切って、虚《うつ》ろな目をしていた彼らが、転移魔法を使える魔法使いだったのだろう。

「つまり再召喚には新たに人手を集める必要があるということですね」

「その通りですが、転移魔法を使える人材は希少です。聖女を召喚できる力を持つ者となると、さらに少ない」

「人材確保が、難しいと？」

「はい、かなり。今回の人員を揃《そろ》える際も、それは大変でしたから」

アレクは人材を集める係を他の兄弟に押し付けられ、大変な苦労をしたらしい。再び同じような人材を集めるのは不可能だと言って頭を抱える姿に、ミヤは本気で同情した。

「あの、話は変わるけれど……これから、安全な場所へ移動することはできるの？　例えば、元いた城へ戻るとか」

そう質問すると、ナレースが極上の笑みを浮かべて頷《うなず》いた。

「もちろんだよ。これは行き専用の魔法陣だから、帰り専用の魔法陣を使えばいい。ただ、少し離れた場所にあるんだ。この聖地の魔法陣は、この建物内の石碑近くにあるらしい。中の魔法陣から、城の中庭へ転移することができるよ」

どうやら、この廃墟《はいきょ》の中に聖女が浄化するべき石碑があるようだ。

ミヤは、気を引き締めた。とはいっても、聖女ではないので浄化はできないのだが。

「あの、私を連れて戻って……ナレースたちは、大丈夫なの？　国王や他の王子に怒られたりしない？」

もし罰せられる可能性があるのなら、避《さ》ける方法を考えなければならない。

すると、ナレースがいい笑顔で「それはない」と言い切った。

「一応、僕は神官長だから。神殿本部から派遣されて来た人間を、グレナード側が一方的に罰することはできないんじゃないかな？　それに、神殿の力の方が上なんだ。喧嘩《けんか》を売るような真似《まね》はしないと思うよ」

「……そうなの？」

「うん。言い訳もすでに考えてあるし。『本部から派遣された神官として、異世界人に死なれるのはまずい。派遣先で聖女や聖女に準ずる者が命を落とすようなことがあれば、重大な責任問題になりかねない』ってね。シェタに関しても、何かあれば僕が庇《かば》うよ」

シェタは「サンキュー」と言って、赤い目を輝かせた。

ナレースに続いて、アレクもシェタを守ると宣言している。

(帰った後のことは心配だけれど、彼らがこの場に来てくれて、本当に助かったわ)

二人がいなければ、ミヤはきっと絶望したまま死んでいた。せめてもの恩返しに、自分も彼らを守るためにできる限りのことをしようと心に誓う。

「聖女ではない私のために、ここまでしてくれてありがとう」

そう言うと、ナレースが優しくミヤの手を握った。

「当然でしょ？　たとえこの国で必要とされなくても、異世界人である君の存在は希少だよ。もちろん、助けに来た理由はそんなことではないけれどね」

その言葉にシェタも続く。

「そうそう。グレナード王国で暮らしていけなくなったら、他国に就職すればいいんだって。俺みたいにさ」

軽い調子で答える彼らの様子に、深刻に思い悩んでいた心がいくらか軽くなった。

「……ありがとう」

「どういたしまして」

シェタがニカッと笑い、ナレースが提案する。

「ミヤ、もし、神殿本部で保護してもらえたら、そこで働くという手もあるよ？」

「えっ？」

「ステータス看破《かんぱ》の能力は神殿内でも需要があるし。君の書く物語も、神官のように平坦な日々を送る者には喜ばれる。聖女の出身地である異世界の文化に興味がある者も多いはずだ」

素直にそう言われ、ミヤはどぎまぎした。

「いやいや、小説は関係ないでしょ」

素人《しろうと》の書く架空《かくう》のドロドロファンタジーに夢中になる神官なんて、ちょっと嫌だ。

しかしその言葉に、なぜか第三王子のアレクが反応した。

「異世界のことには、私も興味がありますね。特に、異世界の生物には」

「アレク様は第三王子だけれど、学者肌なんだ」

横からナレースが口を挟んだ。

「実は先日、大変珍しい生き物を発見したのです。それは白くフワフワしていて、犬のようですが、変な顔をしています。王宮の柱にマーキングしようとしていたところを目撃しました」

「……私、そんな生き物に、非常に心当たりがあるわ」

その心当たりであるプッチーは遊んでほしいと言うように、ミヤの足元に纏《まと》わりついていた。時折つぶらな瞳で、じっとアレクを見つめている。

「ええ、あなたの飼っている動物だったのですね。不思議な顔をしていますが」

「ええと、不思議な動物ではなく、普通の犬ですけど。フレンチブルドッグという種類なんです」

「ここまで珍妙な顔の犬は、この世界にいません。大変興味深い」

そう言って、彼はプッチーを観察し始めた。新たな遊び相手候補を発見したプッチーは、尻尾《しっぽ》をブンブン振って喜びを表現している。

他の王子はともかく、第三王子のアレクとはうまくやっていけそうだと、ミヤは思った。


味方が現れたことで、ミヤは冷静に物事を考えられるようになった。

(とりあえず、まずは城に戻らないと駄目よね)

石碑の近くにあるという帰り専用の魔法陣を探すべく、全員で廃墟《はいきょ》の中へ入る。

聖地と呼ばれるその建物の中は、周辺にある庭同様、月日を経《へ》て朽《く》ちていた。整然と並ぶ椅子には蔦《つた》植物が巻きつき、小さな花を咲かせている。足元はところどころ雑草が生え、元は床材だったであろう石が砕けて転がっていた。

「うっわぁ、普通に建物の中に木が生えているぜ？　この聖地、そろそろ改装した方がいいんじゃないか？」

最後尾を進むシェタが、もっともな感想を述べた。

「確かに。窓も割れているし、壁も崩れかけだし。建物が倒壊すれば、大切な石碑が割れかねないよね。神殿から厳重注意をしておこうかな」

ナレースも、激しく同意している。

それを聞くアレクは、肩身が狭そうだ。

「私が腑甲斐《ふがい》ないばかりに、必要なところに予算を回せず申し訳ないです。たびたび父に進言してはいるのですが……」

聖地に住みつく魔物が危険なのと、資金面の問題で後回しにされ、なかなか手をつけられないでいるそうだ。

なぜこうまで放置されてしまったかといえば、代々の国王が、浄化後の聖地の手入れよりも、周辺諸国へ攻め入ることを重要視していたせいだという。

彼曰《いわ》く、今更聖地の整備を提案しても、国王をはじめ大臣たちにも全てもみ消されてしまうとのこと。

聖地聖地と言う割に、グレナード王国は現場の管理に手を抜いているようだ。

しばらく歩くと、一番奥の壁際に透明な石碑が建っていた。

石碑の近くまで歩を進めると、不意に騎士のシェタが剣を抜く。

ナレースも周囲の様子を窺《うかが》っていた。

「どうしたの？」

尋ねると、背後を振り返ったシェタが、へらへら笑いながらとんでもないことを告げる。

「魔物に囲まれてしまったみたいだ。帰還まであと少しだっていうのに、ついてないなあ」

爽《さわ》やかに言い切るシェタは、場の雰囲気にそぐわず楽しそうだ。

「ええと、シェタが撃退してくれるのかしら？　なんせ騎士だし」

「無茶を言うなよ、俺一人でこの数を撃退できるわけがないじゃん？」

彼が言い終えるタイミングで、魔物の群《む》れが揃《そろ》って姿を現した。

その数は、約五十体以上。大きさは大人の人間ほどで、凶悪なカピバラのような姿をしている。

「ウェアラットだ」

アレクがゴクリと唾を呑み込んだ。

「さほど強くはない魔物ですが、群《む》れで人を襲います。噛まれると病原菌に感染し、早く治療しないと体が腐って死に至ります」

強くないどころか、普通に恐ろしい魔物である。

だが、怯《おび》えている暇もなく、ミヤたちは、石碑の前で敵と対峙《たいじ》した。転移の魔法陣まではあと少しだが、行く手を魔物の群《む》れに阻まれている。

このまま、全速力で通り抜けることはできなさそうだ。

「困ったなあ、第三王子とミヤを守りながら、魔物退治なんて……」

そう言って敵の方へ向かうシェタは、まったく困っている風に見えない。

次《つ》いでナレースも、ミヤとアレクの前に出た。

「あの、ナレース……」

「大丈夫、僕もシェタも強い方だから。ミヤとアレク王子はここにいて。石碑の傍《そば》から動かないように」

「う、うん、分かったわ。あの、気をつけてね」

全員の命を守るため、足手纏《まと》いになる行動は避けるべきだ。ミヤはプッチーを抱き上げながら素直に頷《うなず》いた。

「行ってくる。ちゃんと隠れているんだよ？」

美しい微笑を浮かべたナレースは、ミヤの頭をポンポンと撫《な》でると、シェタと反対方向へ走り出す。敵に囲まれている状況では、一方向に戦力が集まると危険だからだ。

シェタはといえば、さっそく剣を振り回し、楽しそうに魔物の群《む》れに突っ込んでいた。

ナレースが両手を空へ掲《かか》げると、すぐに彼の手の間に魔法陣の模様が現れた。

それは一定の大きさになった途端、魔物の群《む》れに向かって炎の玉を放ち始める。

「すごい、魔法陣から次々に炎が出て来る……」

石碑の陰に身を潜《ひそ》めた体勢で目を丸くするミヤに、アレクが魔法の解説をしてくれる。

「完成までに少し時間はかかりますが、魔法は強力な攻撃です。そしてナレース神官長は強い。魔法陣を出している間は、際限なく攻撃し続けることができます」

「ナレースって、そんなにすごいのね」

「あちらの暴走騎士も、実力だけなら我が国でトップクラスですよ。神官長と同様、勤務態度は最低ですがね」

アレクは、全てをお見通しだった。

「しかし、重ね重ね申し訳ありません。本来なら多くの護衛を連れて来るべきだったのですが、私がすぐに動かせる兵はいなくて」

第三王子という高い地位にあるにもかかわらず、護衛の兵士が集まらないとは、ここでもグレナードならではの世知辛《せちがら》い事情を感じてしまう。

ミヤは詳しく詮索《せんさく》することを避けた。

(アレク殿下を責めるべきではないわ。むしろわざわざ危険な地まで来てくれたことに、感謝しているし)

周囲の様子を窺《うかが》いつつ、ミヤはアレクに声をかける。

「ねえ、アレク殿下。なんだか魔物の数が、さっきよりも増えていませんか?」

「奇遇ですね。私もそう思っていたところです」

ウェアラットが、神殿の壁の至る所から湧《わ》き出している。全部で何体いるのか、想像もつかない。

ナレースとシェタも頑張っているが、討伐《とうばつ》が増殖《ぞうしょく》スピードに追いつかないのだ。

魔物たちは導かれるように、石碑の近くへ続々と集まってきていた。

「放置している間に、ここに巣を作ったのかもしれませんね。浄化前の聖地は、魔物が集まりやすい場所ですから」

次々に数を増していく魔物の一部が、ついに気配を潜《ひそ》めていたミヤとアレクに気づいた。

良い獲物を見つけたとばかりに、横から走り寄って来る。

ナレースとシェタも察したようだが、彼らの位置では距離があって、助けに来ようにも間に合わない。

ちなみに、アレクは帯剣しているものの、腰を抜かしていて使い物にならなかった。連れて逃げようにも、周囲が魔物に囲まれている状況では、どうにもならない。このままでは、二人とも殺されてしまう。

(絶体絶命の危機だわ！)

いや、自分たちどころか、ナレースやシェタも危ない。

(こんなところで死にたくない！)

プッチーをアレクに預けたミヤは覚悟を決め、彼の腰から飾り付きの剣を奪い取って構えた。

とはいえ、今までこんなものを扱った経験はない。ずっしりと重い鋼《はがね》の塊《かたまり》を振り回すことができるのか、甚《はなは》だ不安だった。

(アレク殿下とプッチー、それから自分の身を守らなきゃ！)

強くそう思うと同時に、また頭の中でカチリと何かが切り替わる音がする。

一体のウェアラットが獲物に狙いを定めてジャンプしたその時、ミヤの体が勝手に動き始めた。

まるで何かに操られているかのように、自分でも意図しない動きでアレクの剣を掲《かか》げる。

「ひゃあっ⁉」

逃げ出したいという意思に反して、ミヤの足は勝手にウェアラットへと立ち向かっていく。

(どうなっているの？　勝手に体が動くなんて気持ち悪い！　というか、なるべくウェアラットの群《む》れに近づきたくないー！)

困惑したまま、ミヤの体はウェアラットの群《む》れに突っ込んだ。

「いーやー！　とーめーてー！」

ミヤは、重量のある剣を軽々と振り回し、手当たり次第にウェアラットを斬り捨てて、進撃を続けていく。

皮を破り肉を断つ感触が、両手にダイレクトに伝わって来る。ついでに服には返り血もついた。

(なんなの、これ。私の体、どうなっちゃったの?)

斬っても斬っても切れ味の衰《おとろ》えないアレクの刀は、今や謎の光を帯《お》びていた。

ウェアラットが攻撃を仕掛ける前に、ミヤが全部斬り伏せてしまうため、敵からの攻撃を受ける暇もない。

やがて、周囲の魔物を一掃《いっそう》したミヤの体は、次《つ》いでナレースのいる方向へ走り出す。

そうして彼を手伝うかのように、また魔物を斬り裂き始めた。ナレースの驚く声が周囲に響く。

「ミヤ!? 君、戦うことができたの!?」

「ち、違うの! 体が、勝手に動いて……!」

その言葉だけで、ナレースは大まかな事情を察したらしい。

「君の守護者としての加護かもしれないな。確か、物理攻撃強化と身体強化だったよね」

「う、うん」

「僕が知っているのは、加護ではなく能力だけれど、中には本人の意思に反して働くスキルもあると聞いている。ミヤの加護は、そのタイプなのかもしれないね」

会話している間も、ミヤは一体二体とウェアラットを片付けている。戦力が増えたことで、魔物の数は徐々に減り始め、不利だと悟った彼らはついに、散り散りになって逃げていった。

（助かったみたい……）

ミヤは、ホッと溜息《ためいき》をついた。

敵がいなくなったからか、不意に体の自由が戻る。無理な動きをさせられたことで痛みを訴える身体を宥《なだ》めつつ、ミヤはアレクに剣を返した。ウェアラットに恐れをなしたプッチーは、すでに彼の腕から降りて背後に隠れている。

「アレク殿下、勝手に剣を使ってしまってすみません」

「いや、おかげで助かりました。ありがとうございます」

反対側から、まだまだ元気そうなシェタも走り寄って来た。

「ミヤってすごいんだな！　聖女ではなく小説家でもなく、剣士だったのか！」

「いや、だから私の職業は守護者だって……」

もごもごと話すミヤに代わって、ナレースが説明しつつ声を上げる。

「彼女の加護の力みたいだよ。さあ、今のうちに魔法陣へ向かおう、新手が来る前に！」

四人と一匹は建物の一番奥に向かって走り出した。

「あの、試しに、その石碑に触れてみてくれませんか？　魔法陣への移動のついでで構いませんので」

不意に、アレクがミヤにそう言った。

「あなたは聖女ではないと、きちんと皆に証明します。そのために、お願いします」

石碑はつるつるした大理石風の素材でできていた。中心には、星の模様が刻《きざ》まれている。

「ミヤ、その模様に触れるんだよ」

ナレースに指示された通り、ミヤは模様に合わせて手を置いてみる。

しかし予想通り、何も起こらなかった。

「ほらね、私は聖女じゃないって言ったでしょう？」

納得した様子のアレクは、真面目な顔で頷《うなず》いた。

「……みたいですね。聖女が触れると、この石碑が光るらしいので」

「私に浄化の加護はない。それを持っているのはモモの方。聖女はあの子なの」

アレクはミヤの言葉を聞いて、静かに頷《うなず》いた。

「納得しました。きっとあなたは、召喚の際に巻き込まれてしまっただけなのでしょう。だというのに聖地巡礼《じゅんれい》へ向かわせてしまい、申し訳ありません」

「思うところはあるけれど、アレク王子のせいじゃないですし、謝らないでください。あなたは一人で放り出された私を助けに来てくれたのですから」

彼が動いてくれたおかげで、一人でわけの分からない場所に取り残されることなく、ミヤは生きて城に戻れるのだ。

「でも、なんの役にも立てませんでした。私にできたのは、神官長と騎士を連れて駆《か》けつけたことくらいです」

「そのおかげで、私は助かりました。ナレースとシェタにも感謝しているわ。今回のことで、私は聖女じゃないとはっきりしたし、これで解放されるもの」

「これから、きちんとした生活ができるよう手配します。こちらの不手際で、あなたを巻き込んでしまったのですから」

それでもアレクは申し訳なさそうに話を締め括《くく》った。

話が一段落したところで石碑の背後に回り込むと、城の広間にあるものと同じ大きさの魔法陣が見えた。

全員揃《そろ》って、光る円形の魔法陣に足を踏み入れる。

「さあ、戻るよ。城でも一悶着《ひともんちゃく》あるかもしれないけれど、僕がミヤを守るから」

ミヤの手が、ナレースにしっかり掴《つか》まれる。

「う、うん、ありがとう。私も頑張るわ！」

少し顔が熱いのを自覚しながら、ミヤは力強く頷《うなず》いたのだった。

第３章　暗躍する王子、誘惑する聖女

転移の魔法陣から城の中庭に戻ったミヤたちだったが、出迎えは皆無《かいむ》だった。どころか周囲に人影すらなく、庭自体が閑散《かんさん》としている。

「聖地巡礼《じゅんれい》の旅から無事に戻ったのです。通常なら、盛大な出迎えがあるはずですが」

戸惑いがちに声を上げたアレクに向かって、ナレースが首を横に振る。

「彼らには期待していないよ。ミヤの旅立ち自体がなかったことにされているんじゃないかな」

ミヤ自身も、彼の言葉の通りだろうと思った。

（目的だった聖地の浄化はできなかったから、これでいいのだけれど……）

変に大騒ぎすれば、任務不履行《ふりこう》を理由に、かえって責められるかもしれない。

「では、私は今回の聖地巡礼《じゅんれい》について報告してきます」

アレクの言葉に、シェタも続いた。

「じゃあ、俺も。アリバイがあるとはいえ、そろそろ訓練に戻らなきゃ周りがうるさくなりそうだし。ミヤ、また今度な！」

二人は足早に去って行き、中庭にはミヤとナレースだけが残された。

「ナレース。私たちも、そろそろ部屋へ戻りましょうか？」

すると、萌黄色《もえぎいろ》の瞳に微笑みを浮かべた彼は、正面からそっとミヤを抱きしめてきた。

「えっ、ナレース？　あの……」

「ミヤ、心細い中でよく頑張ったね。君が魔物に立ち向かい、生きようと粘《ねば》ってくれたおかげで、僕らは間に合ったんだ。君を救うことができて本当に良かった」

その声は震えていて、どこか切羽《せっぱ》詰まって聞こえる。

「いいえ、私は諦めかけていたの。怖くて痛くて……でも、プッチーが近くにいたから、せめて最後に抵抗しようと思っただけよ」

「そのおかげで、今君とこうしていられるんだね。本当に、無事に戻れて良かった」

抱きしめられたままのミヤは、内心かなり動揺していた。共に危険を乗り越えた安心感から来る行動だろうと考えても、さすがに距離が近すぎる。

（なんでこんなにスキンシップが激しいの？　彼の国民性？　いや、でもこれまではなかったし）

しかしそう思いつつも、不思議と嫌な気はしなかった。現に今も、ナレースの温かい腕の中から抜け出せずにいる。

他人に抱きしめられたのなんて、いつぶりだろうか。物心ついた頃から、ミヤは家族に抱きしめてもらった記憶がなかった。

「聖地の周りにいた魔物のうち一体は、ミヤが倒したんだよね？　しかも石で。魔物の目に刺さっていたのを見て、驚いたよ」

「ああ、うん」

たまたま急所に当たったのだろう。それでもミヤは、生き物を殺してしまったというショックを感じていた。あのウェアラットの群れにしてもそうだ。

たくさん斬った感覚は、今も抜けない。返り血も服についたままなので、記憶は鮮明に蘇《よみがえ》る。

「大丈夫だよ、ミヤ。落ち着いて」

状況を察したナレースが、ミヤの背中をあやすように叩く。

「あ、あの、大丈夫だから」

「大変な目に遭《あ》って不安そうにしている女の子を放っておけないよ」

「……女の子って歳じゃないんだけど」

少し元気を取り戻したミヤは、彼の言葉にツッコミを入れた。

「ふふ、少し元気になった。ミヤ、今日は疲れたでしょう？　そろそろ部屋に戻ろうか。服も着替えなきゃならないし、湯浴《ゆあ》みもしておいた方がいいね」

「うん……」

彼の言う通り、ミヤの全身は返り血まみれで、服もボロボロだ。髪にこびりついた血は固まりかけている。

ナレースは、ミヤを守るように周囲を警戒しつつ、王宮の廊下を歩いていた。今のところは、幸い誰とも擦《す》れ違わずに済んでいる。

これで晴れて自由の身だが、日本に帰ることはできない。

（この後は、どうすればいいのかしらね）

元いた世界はミヤにとって、決して優しい場所ではなかった。

実家のある田舎《いなか》を出たものの、都会の生活には慣れず就職活動にも失敗した。やっとの思いで就《つ》いた仕事は、誰でも入れるブラック企業。

だが、実家には戻れない。あの場所はすでに兄夫婦のものだ。

考えれば考えるほど憂鬱《ゆううつ》になってくるが、それでもミヤは、決して孤独だったわけではない。両親はやっぱり大事だし、兄の子供も可愛いと思っている。家族に対して、そういった人並みの愛情は感じているのだ。

早く帰れた日には趣味の小説執筆に没頭《ぼっとう》できたし、好きなアニメやゲームも楽しんでいた。

完璧とは言えないけれど、ミヤは元の世界――日本での生活が嫌いではなかったのだ。戻れないと聞いて、絶望を感じる程度には。

この喪失感《そうしつかん》は如何《いかん》ともしがたい。

これまでは怒りを原動力として動いて来たが、ナレースたちの助けがあるとはいえ、それもそろそろ限界だ。

(けれど、いつまでも現実を無視して、悲しみに浸っているわけにはいかないわ)

生きるためにしなければならないことは、山ほどある。

ナレースは、神殿に行けばいいという。うまくすれば、そこで雇ってもらえるかもしれない。

(でも、本当にそれでいいの？)

神殿は聖女は受け入れても、守護者まで受け入れてくれるとは限らない。

くだらない理由でナレースを左遷《させん》するような組織だという不安感は常に付きまとう。

日本で生活していた時でさえ、ミヤはいつも悩み続けていたのだ。

まったく知らない異世界でちゃんと生きていけるのか、考えれば考えるほど心が重くなる。

「ミヤ……？　大丈夫？」

様子のおかしいミヤに気づき、ナレースが顔を覗《のぞ》き込んできた。

「ええ、平気。問題ないわ」

ミヤは、無理やり作った笑顔を彼に向けた。

「それは平気な顔じゃないよ？　僕はミヤの味方だから、もっと信用して頼ってよ」

「充分頼りにしているわ」

とはいえ、いつまでも彼に甘えていてはいけない。

(今後のことを真剣に考えなきゃ)

城内の生活しか見ていないが、この世界はかなり文明が遅れている。家電なんてものはなく、自動車もなく、風呂やトイレは魔法で湯を張ったり水を流したりする必要のある奇天烈《きてれつ》なものだ。

一人で生活を始めても、文化の違いに苦労しそうだ。

そんなことを考えていると、不意に廊下の向こうから大勢の足音や衣擦《きぬず》れの音が聞こえて来る。

「何かしら」

首を傾《かし》げるミヤを庇《かば》うように、ナレースが前に立った。

「……最悪だな。できれば、誰にも会わずに神殿まで向かいたかったのに」

彼の言葉で、近づいて来るそれが良くないものなのだと分かった。

そしてナレースの勘は当たってしまった。前方から白いドレスを着てめかし込んだ聖女モモと、彼女のお付きの使用人たちが歩いてくる。

その数、総勢二十人ほど。昔ドラマで見た、巨大病院の回診のようである。

堂々と歩くモモは、少し前に異世界から来たばかりとは思えない。元からここの王族であったかのように場に馴染《なじ》んでいる。

白いドレスも、いかにも聖女に相応《ふさわ》しい出で立ちで、とても清廉《せいれん》で美しく見えた。

ミヤは、小汚い自分の格好を見て惨《みじ》めな気持ちになった。

「あらぁ？」

ミヤとナレースを見つけたモモが、ゆったりと近づいて来る。フワリと薔薇《ばら》の香りがした。

「誰かと思えば、オバサンじゃないの。あはは、何その格好、超ウケる！」

モモは、ボロボロで血まみれの神官服姿のミヤを嗤《わら》った。つられるように、数人の使用人がクスクスと忍び笑いをする。

(感じ悪いわね……！)

同じように感じたのか、ナレースはモモに、急ぎ神殿へ戻りたいと告げる。

しかし彼女は彼をうっとり見つめつつ、とんでもない発言をした。

「城の中を、こんなに汚い格好で歩くとかドン引きだわ。まして、行き先が、城で一番清浄な場所と言われている神殿だなんて。ねえ、あなたもそう思うよね？」

言いながらさりげなくナレースにボディータッチするモモを、ミヤは複雑な思いで見つめていた。

「彼女がこうなった経緯は、あなたが一番よくご存じでしょう？　聖女様……」

煩《わずら》わしそうにモモの手を振り払いながら、ナレースは眉を顰《ひそ》める。あからさますぎる態度だ。

彼がモモになびかない様子を見たミヤは、なんともいえない安堵《あんど》を覚えた。

それでも、彼女はしつこくナレースに迫る。ミヤへの嫌がらせの一環というよりは、単に彼を気に入ったようだ。

「ねえ、今から私の部屋に来ない？　一緒にお話ししましょ？」

無邪気に積極的に、モモはナレースを誘惑する。

「ですから、僕は、これから行くところがあるのです。聖女様とはご一緒できません」

「なんでよぉ、聖女候補の頼みが聞けないって言うのぉ？」

使用人たちも、不満げな表情を浮かべている。

しかし、ナレースを責める気はないようだ。麗《うるわ》しい神官長は、人気が高いからだろう。

「ええ、聞けません。それでは、失礼します」

ナレースはミヤを庇《かば》いつつ、モモを追い越して神殿へ向かった。

「タイプは違うけれど、婚約させられそうになった女性を彷彿《ほうふつ》とさせる子だなぁ。生理的に無理かも」

彼はげんなりした様子で、そんなことを言った。

その後ようやく無事に神殿に着き、ナレースの部屋へと向かう。

今頃は、アレクが兄王子たちに説明をしてくれているところだろう。

ミヤはその回答を待つほかない。

(私が聖女じゃないと証明されれば、モモはどうなるんだろう？)

彼女が聖女である限り、義務から逃《のが》れることは不可能なはずだった。

※　※　※

翌日、少し疲れた様子のアレクがナレースの部屋を訪れた。ミヤからプッチーを借り受けて、一緒に散歩するためだ。

生き物が大好きなこの王子は、プッチーのことをとても気に入っている。

ストレスの多い彼のために、ミヤはプッチーを貸してあげることにしたのだ。

「ミヤさん、本当にいいんですか？」

「ええ、アレク殿下なら信頼して預けられます。聖地でもお世話になったし。あの後、他の王子たちへの報告もしてくれたのでしょう？」

そう言って、ミヤは彼にプッチーを手渡した。アレクのことを認識したプッチーは、喜んで彼の顔を舐《な》め回している。

「プッチー！」

「いいんですよ、ミヤさん。あと、兄たちにはあなたは聖女じゃないときちんと伝えましたので、まもなく自由になれると思います」

「ありがとうございます、アレク殿下」

「いえいえ」

笑顔のアレクは、プッチーを抱いて方向転換する。

「プッチー、中庭を散歩しに行きましょう！」

顔面がヨダレでベトベトなのに、彼はとても嬉しそうだった。

アレクに愛犬を貸し出してしばらくすると、今度は第一王子の使者がやって来た。

今後の待遇について話し合いたいとのことだ。ミヤが聖女でないと分かったので、今後の聖地巡礼《じゅんれい》を中止してくれるのだろうか。

「……仕方がないわね。行って来るわ」

「おそらく今後についての話だと思うけど、気をつけてね。心配だから、僕も一緒に行って外で待っているよ」

「大丈夫だってば、子供じゃないんだから」

「君が子供だなんて思っていないよ。大人の女性だと分かった上で言っているんだ」

「……っ！」

動揺を押し隠し、ナレースの言葉に頷《うなず》いたミヤは、謁見室《えっけんしつ》へ向かって歩き出した。


城の奥、重厚な金の扉を開いた先に謁見室《えっけんしつ》はあった。

玉座に座っているのは、モモを連れた第一王子。彼の両サイドには第二王子と第四王子も控えている。

怒りを抑えきれないミヤは、自分に敵対的な彼らを、心の中で『三馬鹿王子』と呼ぶことにした。

国王はまだ軟禁されたままのようだが、アレク以外の王子たちは「国王は体調不良でこの場にはお越しにならない」と言い張っていた。

（それについて、私が指摘しても躱《かわ》されそうね）

第三王子にできないことが、異世界から召喚されただけの一般人にできるわけがない。

（それに、国王が軟禁されているのに、この城の人は誰も騒がない。アレク王子の言う通りだわ）

現在の王の人気が三馬鹿王子よりも下だということである。

人気が全てという文化のこの国では、人柄や政策は重視されないようだ。人気の高低はステータスでしか確認できないが、人々は外見や雰囲気、自分への利益や噂話に惑《まど》わされて簡単に動く。

「すでにご存じかと思いますが、私は聖女ではありませんので、浄化はできませんでした」

開口一番、ミヤは必要最低限の言葉だけを告げる。一刻も早く、この場を離れたかった。

「その後はどうする気だ？　王宮に居座るつもりか？」

ヒゲを生やした第一王子が、淡々とした口調で問うてくる。

「いいえ、ここからは出て行きます。元の世界には戻れないそうですので、一般人として暮らします。その前に、こちらの世界の仕組みや常識などは知っておきたかったのですが……それも難しそうなので、生活の中で追い追い覚えていこうと思います」

さっさと出て行くと告げたミヤの言葉に、王子たちは満足した様子で頷《うなず》いた。

「いいだろう。用意ができ次第、速《すみ》やかに王宮を去れ」

彼らは、勝手に呼び出したミヤを無一文で追い出す気のようだ。

明らかに、こちらを厄介《やっかい》がっている。

（最低！　小説でよくあるように、せめてお金の入った袋くらい投げつけてよ！）

けれど謁見室《えっけんしつ》の隅《すみ》に控えた兵士や使用人も、ミヤに冷たい視線を向けて素知らぬふりをしている。

何度も言うが、この国では人気が全て。

美しい顔の持ち主、派手な活躍をした人物、分かりやすい慈善活動を行う人物、高い地位と大きな権力――要するに外見や肩書きだけが大事とされるのだ。

それでいくと、容姿は地味でパッとせず、聖地巡礼《じゅんれい》に出た上でなんの貢献もできなかったミヤは落第確定だった。

ちなみに、第三王子の人気がないのは、影の薄い見た目に加え母親の身分が低いこと、派手な功績をまったく残していないことなどが理由らしい。

(アレクから、プッチーも引き取らなきゃ)

一人と一匹、この世界で生きていく覚悟をする時だ。

「ちょっと待って!」

処遇が決まりかけたところで、今まで黙っていたモモが大きな声を出した。ミヤは、そっと彼女に視線を移す。

(私がいなくなったら、危険な任務が自分に回って来るものね。抵抗したい気持ちも分かるわ)

だが、人気のあるモモが旅立つとなれば、三馬鹿王子が腕の立つ護衛をしっかりつけてくれるだろう。

そんなミヤの心中など知らないモモは、第一王子に擦《す》り寄って訴えた。

「私、一人で旅をするなんてできないわぁ! そんなの酷《ひど》い!」

モモはひたすら嘆《なげ》き続ける。時折、残りの王子に目配せすることも忘れない。

(あざといなぁ)

彼女は、王子たちの同情を引くのが非常にうまかった。

「大丈夫だ、聖女。お前一人を、聖地巡礼《じゅんれい》に放り出したりはしない」

「でもぉ……」

自分の時とは真逆なヒゲ王子の態度に、ミヤはかなりイラっとする。

「大丈夫だよ、私たちもいるのだから。一緒に行くよ」

女顔の長髪王子がモモの手を取る。

「そうだよっ！　僕だって、聖女様のために頑張るよっ！」

一番年下のショタ王子も、一生懸命自己主張した。

「でもでも、怖いよ……」

右にヒゲ王子、左に長髪王子、正面にショタ王子を侍《はべ》らせたモモは、まんざらでもなさそうな笑みを浮かべつつも、不安を訴えることはやめない。

（なんなの、この茶番は）

げんなりしたミヤが、本気でその場を去ろうかと思った時、モモが大きな声を上げた。

「それにいくらなんでも、城からオバサンを追い出すのは可哀想よ。ここに置いてあげよう？」

「え……？」

彼女の発言が、善意からのものとは思えなかった。

ミヤは体をこわばらせる。

（聖女じゃないと分かった私を引き止めて、一体何がしたいの？　嫌な予感がする……）

その予想通り、モモはとんでもないことを言い出した。

「私、聖地巡礼《じゅんれい》へ行くために、世話係が欲しいのよねぇ。この人を雇っていいかしら？」

モモが王子たちにそう尋ねると、彼らは揃《そろ》って渋い顔をした。代表してヒゲ王子が、モモを諭《さと》し始める。

「世話係なら、きちんと教育された人材の方がいい。ベテランのメイドを手配しよう」

もっともな言い分だ。ミヤを世話係にしたところで、メリットなど一つもない。

しかし、モモは粘《ねば》った。

「それよりも、同じ世界出身の人の方が落ち着くのよね。いいでしょう？」

上目遣いでヒゲ王子を見つめるモモが恨めしい。

モモも王子も、ミヤの意見を完全に無視して、自分たちだけで話を進めている。ここでもミヤは、空気のような扱いを受けていた。

勝手に話が進みそうだったので、慌てて遮《さえぎ》る。

「困ります。私はここを出て行くんですから！」

また危険な旅に同行させられるのも嫌だし、そもそもモモの世話係なんてごめんだ。

今までの行動で、彼女の性格の悪さは露呈《ろてい》している。彼女を信じたいという思いにも限界があった。

するとモモは、目に大粒の涙を浮かべ始める。

「そんなに嫌われているなんて、私、悲しい……」

大根役者丸出しの演技はやめてほしい。

だが、切ないことに――同性には丸分かりのそれを見抜けないのが、愛に目が眩《くら》んだ男という生き物なのである。

もちろん全ての男性がそうだというわけではないが、ここの三馬鹿王子はその例に漏《も》れなかった。

動揺した王子たちはミヤを睨《にら》みつけ、次々に聖女の機嫌を取り始める。

モモは確かに可愛いが、絶世の美女というほどではない。

あくまで量産型アイドルの隅《すみ》っこにさりげなく混ざっている程度の可愛さだ。

しかし、『異世界産の聖女』というブランドが、王子たちの心をくすぐるのだろう。

国の権力者たちが、ただの女子大生に振り回される姿は見ていて滑稽《こっけい》だが、グレナードが心配にもなってくる。

「こんな底意地の悪い女は放っておけばいい。聖女には、俺たちがいるだろ」

ヒゲ王子が、すぐにモモを宥《なだ》め始める。

「でもでもぉ……」

「大丈夫。私が聖女様にとっておきの世話係を用意してあげる」

長髪王子も、兄の意見に同意した。

「そうだよ！　聖女様、泣かないで。僕がいるよっ！」

彼らの隣から、ショタ王子も後に続く。兄に負けまいと一生懸命な姿が健気《けなげ》だ。

「みんなぁ、ありがとうぅ……！」

モモはわざとらしく、嗚咽《おえつ》を上げ始めた。

(……帰りたい。これ以上この場所にいても、時間の無駄よね？)

ミヤは、遠慮がちに声をかける。

「あのう、私はもう出て行っても良いでしょうか？」

すると王子たちは口々に、「まだいたのか？　さっさと出て行け」という台詞《せりふ》を投げつけてきた。

(一方的に呼びつけておいて、それはないでしょう⁉)

ミヤは腹を立てつつも、これ幸いと謁見室《えっけんしつ》を後にした。

文句の一つや二つは言ってやりたいが、相手は王族。小心者な性格も相まって、やはりミヤは何も言い返せなかった。


奇劇『聖女、愛の劇場』を見せつけられた後、ミヤは神殿の傍《そば》にある自室へと戻った。

「いやあ、無事に逃げ切れてよかった！　聖女が『世話係』なんて血迷ったことを口走ったと聞いた時には、どうなるかと思ったよ」

笑顔で出迎えてくれた神官長ナレースは、読書中だったらしい。広げている原稿は、ミヤの執筆した物語の続きだ。

あれからミヤは、空き時間を使って密《ひそ》かに自作小説の続きを書いていた。

異世界での住処《すみか》・職探しでお世話になるお礼である。

(早く自立したいけれど、なんの情報も持たずに城を出て行くのはリスクが高すぎるのよね。おかげで、未だにナレースに甘えてしまっているわ)

主に王子たちのせいで異世界人に苦手意識を持ってしまったが、ナレースたちは、聖地に放り出されたミヤを助けに来てくれた。それはきっと、とても幸運なことだろう。

「やっぱり、神殿に早く保護してもらうのが、一番安全だと思う」

「ええ、ありがとう。この世界の常識が分からないのは心配だけれど、そうも言っていられないもの。神殿内で、私でも働ける場所があるといいな。実際は、聖女じゃないから難しいかもしれないけれど」

「ミヤの能力があれば大丈夫。僕がミヤを守るから。この国からも、魔物からも」

あの王子たちは、ミヤの召喚自体をなかったことにしたがっているだけでなく、聖地巡礼《じゅんれい》の危険性を知りながら、ミヤを聖地に単身放り出した。

到底、許せることではない。

アレク王子はミヤを自由にすると言ってくれているが、国王や他の王子の様子を見るに、難しそうである。

(用心しなきゃ)

ミヤと同じく、ナレースも今後のことを不安に思っているようだった。

「王子たちが、自由になったミヤを放置してくれればいいけど。下手をすると、存在を消そうとしてくる可能性もあるよね」

確かに小説にも、そんな権力者はたくさん出て来た。

「ああ見えても、彼らには強大な権力がある。本気になれば平民一人を消すことなど造作もないはずだ。聖女が二人召喚されたなんて前例がないし、片割れの君は浄化能力がないし。それが王子たちの人気にとって不都合だと思われたら、狙われるだろう」

「そうよね、それは私も心配していたわ」

そしてナレースには悪いが、やはり神殿も信用できない。

聖女を崇拝《すうはい》しているという宗教だ。召喚の儀式で聖女以外の人間が現れたことを知れば、神殿本部も同様の手段を取る可能性がある。

ミヤはナレースの萌黄色《もえぎいろ》の瞳を見つめ、そう説明した。

「神殿は、私を保護してくれないかもしれない。他の方法もあればいいのだけれど」

途端、ナレースは難しい顔になる。

「残念だけど、僕がグレナードから君を守るために提示してあげられる場所は、神殿くらいしかない。色々文句は言っていても、所詮僕は神殿から出たことのない人間だから」

なぜか自嘲《じちょう》めいた表情で、ナレースは溜息《ためいき》を吐く。彼の中にも、なんらかの葛藤《かっとう》があるようだ。

話を続けているうちに、シェタもやって来た。彼は頻繁《ひんぱん》にナレースの部屋に出入りしているらしい。

「ミヤ〜！　小説貸して〜！」

「え、ええ、いいわよ。ちょっと待ってね」

部屋に置いてあった紙の束を、まとめてシェタに手渡す。

最近はナレースやシェタに自分の書いた話を読まれることにも慣れてきた。

「サンキュー。ところで、面白い話をしているな。神殿が嫌ならうちの国に来るか？　俺は今でこそ騎士なんてしているけれど、もともと良いところのボンボンだからな。それなりの就職先を斡旋《あっせん》できると思うぜ」

「えっそうなの⁉　それならなんでグレナードで騎士なんてしているの？」

「うーん、社会勉強？　自分の腕が他国でどこまで通用するのか試したくて。そうしたら、いつの間にやら、かなり昇進しちまった。入ってからまだ数年しか経《た》っていないんだけどなあ」

シェタの腕が良かったと言えばそれまでだが、グレナード人事もなかなかやばいのではなかろうか。

「そんな俺の意見だけど、ミヤくらい強かったら、どこでもやっていけると思うぜ？」

「……加護の力で体が勝手に動くだけなのに？」

「それでも、その能力は各国の権力者にとって脅威だ。そのことを忘れちゃいけないぞ」

親指を立てて励ましてくる爽《さわ》やかな彼の言葉に、ミヤは素直に頷《うなず》いた。

「そうねえ、戦闘職よりは神殿勤務の方がいいかも。加護はあるけれど、戦いは好きじゃないから」

ナレースやシェタは、その言葉を聞いて頷《うなず》いた。

「とりあえず、神殿からの返事を待ってみよう」

「そうだな。加護を除けば、ミヤは普通の女の子だ。神殿で保護してくれるのなら、その方がいいと思う。もし無理なら、ナレースと二人揃《そろ》って俺の出身国へ来いよ」

「シェタ？」

ナレースに向かって、銀髪の騎士は爽《さわ》やかに笑いかけた。

「どうせこれからも、左遷《させん》組なんだろ？　出世の見込みはないんだし、それなら転職してもいいんじゃないか？　神殿育ちのお前が外に出るのが不安なのは分かるが、いつまでもしがみついているほどの仕事じゃないと思うぜ？　やる気もないんだしさ」

「でも……」

「神官一人と女の子一人くらいなら、面倒見てやれる」

明るいシェタとは対照的に、ナレースは少し思い悩んでいる風だった。

ミヤの方も、シェタに言いたいことがある。

「私、女の子って年齢じゃないわよ？」

そう告げると、シェタは不思議そうにミヤを見つめてきた。

「そういえば、ミヤは何歳なんだ？」

「二十八歳、もうすぐ三十路《みそじ》」

「うわっ！　俺と同い年かよ!?　二十歳そこそこだと思ってたぜ。ミヤは怖いくらい童顔だな」

ナレースとシェタは、若干引いている。

「聖女は、僕と年の変わらない女性をオバサン呼ばわりしていたのか……子供って怖いな」

「ちなみに、ステータスで見えた聖女の年齢は二十歳。私の世界では成人済みよ」

それを聞いた二人は、遠い目になっていた。

「はあ、ミヤの年齢には驚かされたな。道理でしっかりしているはずだ」

シェタがまじまじと見てくるので、なんとなく気まずい。

「子供だと思っていた？」

「ここの人間を基準に考えると、成人前に見えるな。二十八歳ということは、既婚者なのか？」

「……独身だけど。この世界では、かなりの嫁《い》き遅れでしょうね」

ナレースは賢明にも無言を貫《つらぬ》いた。

「不思議だね。ミヤのような女性なら、周囲が放っておかないだろうに……僕、立候補していい？」

「お世辞はいいわよ、ナレース。地味だし美人でもないし、収入も多くない女よ？　性格もこんなだからモテないのよね。グレナードで人気がないのも分かるわ」

この国の『人気』システムは露骨《ろこつ》すぎるが、元の世界に通ずるところもある。

「自虐が過ぎるよ。君は、充分魅力的だ」

「……ありがとう」

ナレースの言葉に、ミヤは素直にお礼を言った。でも、あまり信じてはいない。

「そういうシェタは、独身なの？　ナレースは前にそう聞いたけれど」

「俺も独身だぜ！　なになに？　俺のことが気になる!?」

ミヤの方へ身を乗り出すシェタの前に、ナレースが立ちふさがった。

「こら、ミヤに迫らない！」

服装や勤務態度は少しだらしないけれど、こういうところは男性として頼もしい。

「ええー、なんで？　ミヤは俺の好みのタイプだ。自己主張は下手だけど、大事だと思ったことは絶対に譲らないところとか」

「それは、僕もそう思うけど」

「だったらアプローチしても、問題ないよな？」

「問題ないわけないだろ」

「ふぅん？　それって、ナレースがミヤを気に入っているから駄目ってことか？」

その台詞《せりふ》を肯定《こうてい》するようにナレースは頷《うなず》くが……おそらく冗談だろう。

萌黄色《もえぎいろ》の瞳に柔らかい光を浮かべる目の前の美青年が、ミヤ程度の人間になびくとは思えない。

「え、ええと、あの……？」

戸惑うミヤの頭をそっと撫《な》で、どこか挑戦的な笑みを浮かべながら、ナレースはシェタに向き直る。

「その通りだよ」

「くっそー！　童貞生臭坊主《どうていなまぐさ》が生意気な！」

「ふふ、一言多いんだよねえ。不良暴走騎士様は」

そう言うナレースの目は、もはや笑っていなかった。

一週間後、モモたち聖女一行が、中央の聖地へと旅立った。

きちんと準備を整え、大勢の護衛を連れた上での出発である。職務上、ナレースとシェタも同行していた。

（私の時は、たった一人で無理やり放り出したくせに）

腹立たしいことこの上ない。

聖女の業務から無事に解放されたミヤは、ナレースの部屋の一角を間借りしつつ、神殿からの返事を待っている状況だ。

その間に少しずつこの世界の常識を覚え、今では神官長の仕事を少しだけ手伝えるようにもなっていた。

（まずは、働き口を見つけて、自分で生活できるようにしなきゃ）

今のままでは、身動きが取れない。何せ、無一文なのだ……

（だからといって、いつまでもナレースのお世話になりっぱなしなのは論外ね。そこまで迷惑はかけられない）

彼には、これまで充分に良くしてもらっている。

（本当に、頭が上がらないわ）

ミヤとナレースは小説のやり取りを通じて、以前よりも親しい仲になっていた。

時折少しだけ、彼を意識してしまうのはミヤだけの秘密だ。

（この異世界のことも、たくさん覚えていかなきゃ）

これから一人で生きていくため、ミヤは真剣に異世界についての勉強を続けた。

聖女モモによる最初の聖地巡礼《じゅんれい》は、約半日で完了したと、ナレースから連絡が入った。

神官は、聖女の旅の手配や指揮などを担《にな》っており、彼はそのまとめ役だ。

プッチーを自室に残し、ハラハラしながら彼の帰りを待つミヤは、窓から中庭を眺める。視線は無意識にナレースを探していた。

中庭を観察していると、背後から人の足音が聞こえて来る。

「ただいま、ミヤ！」

振り返れば、いつの間にか聖女たちの一団から抜け出したらしいナレースが、ミヤの背後に立っていた。

「ナレース！　お、おかえりなさい。無事で良かった」

「僕の留守中、何もなかった？」

「大丈夫よ、まだ半日しか経《た》っていないもの。それより、危険な目に遭《あ》ったりしなかった？」

「大丈夫。前回の聖地巡礼《じゅんれい》で魔物を退治していたおかげか、今回は何も出て来なかったんだ」

「ベヒモスも、ウェアラットもいないなんて……いいなぁ」

ともかく、ナレースが無事でよかった。

聖地ではモモが石碑に手を当て、一瞬で浄化を成し遂《と》げたらしい。

（やっぱり、あの子は聖女なのね）

これでどちらが本物なのか、はっきりした。

今なら周囲の人間も、ミヤが城を出て行ったところで何も言わないだろう。

（……というか、そこまで私に関心もないと思うけど）

最初の聖地巡礼《じゅんれい》が成功したとの報告を受けた城の人間たちは、ソワソワと落ち着かない様子だ。

聖女モモの人気は、さらに上昇したようだ。聖女ではないと主張していた割に、戻って来たモモは得意気で、周囲に王子たちを侍《はべ》らせて笑っている。

魔法陣の出口がある城内の庭は城で働く人々でごった返し、もはや祭りのような状態だ。

「すごいわね」

「聖女を一目でも見たいと、ああして集まっているんだよ。城の外でも、今頃あちこちで騒がれているんじゃないかな」

ナレースが苦笑いを浮かべつつ教えてくれた。

中庭にはシェタの姿もある。窓越しに視線が合った。彼は、遠くからハーレム状態の聖女を指差すと、おかしそうに笑っていた。

（シェタ……バレたら大変よ？）


それから数日間、モモは終始《しゅうし》ご満悦といった様子だった。

今まで彼女が「自分は聖女じゃない」と言っていたことについても、ほぼお咎《とが》めなしである。時折ツッコミは入ったが、モモはそのたびに悪びれることなく上手に言い訳してみせたのだ。

「怖かったの！　それに私が聖女だなんて、信じられなかったのよぅ。だって、歴代の聖女様は素晴らしい人ばかりなのに、私なんかが聖女をやってもいいのかなって……」

三人の王子の他、モモの周囲の兵士や使用人は彼女の言葉を鵜呑《うの》みにし、健気《けなげ》な少女に同情している。

そんな彼らから情報を得ているグレナード国民も同様だ。

街へ遊びに行くこともあるシェタ曰《いわ》く、城の外では連日お祭り騒ぎらしい。この国におけるモモの人気は、うなぎ上《のぼ》りだった。

納得いかないことは多いが、もう自分には関係ないことだとミヤは割り切っている。

モモは時折、聖女らしく神殿に祈りを捧《ささ》げに来ることもあるらしいが、ナレースは事務的に対応しているそうだ。

「そろそろ、二回目の聖地巡礼《じゅんれい》の準備をしなきゃ。いやだなあ、面倒だなあ、神官長は最後まで同行しなきゃならないんだよね」

部屋でのんびりしていたナレースは、色々とダメな言葉を吐いている。

「ナレース……」

「ミヤは強いね、自分のことをきちんと自分で決められて」

「えっ？」

「僕は情けないよ。これだけ文句を言いつつも、結局神官長を辞める勇気がないんだもの」

「何か勘違いしているみたいだけれど、そんなことないわよ」

虐《しいた》げられる状況に慣れてはいるが、かといってダメージを受けないわけではない。

ミヤの心は、今確実に疲弊《ひへい》している。

（でも、あえてここで本音を話さなくてもいいよね）

そう判断したミヤは、仕事の手伝いを終えて自分の部屋へ戻った。


その晩のこと、ドンドンと乱暴にナレースの部屋の扉がノックされた音で、ミヤは目が覚めた。

ナレースも起きたらしく、ごそごそと身なりを整えているような様子が窺《うかが》える。

現れたのは、三馬鹿王子の長男――ヒゲ王子だ。

遅くの訪問だというのになんの遠慮もない彼は、案内される前に、部屋の中央に置かれた椅子にどっかりと腰掛ける。

ベッドから降りたミヤは、足音を立てず扉へ近づいた。

そっと開いた扉の隙間から様子を窺《うかが》う。ミヤは、嫌な予感に包まれた。

王子を迎えたナレースは、何も言わずに茶の用意をし、彼の言葉を待っているようだ。

一息ついたヒゲ王子は、ようやく口を開いた。

「状況が変わったので、知らせに来た。お前のもとにいる女には、モモの世話係になってもらう」

（な、なんで⁉）

「女って……ミヤのことですか？」

ナレースもカチンと来たようで、そのまま王子に反論を始める。

「いきなり何を言い出すんですか。彼女は以前、この話を断ったではありませんか」

しかし横暴な王子は、ナレースとまともに会話する気などないらしく、一方的に話を続ける。

「聖女は親切心から言っているんだ。ありがたく引き受けろ」

「いいえ、お断りします。あなたはすでに、ミヤが城を出て行くことに同意したではありませんか。彼女は……今は、私の補佐のようなものですよ」

とっさに言い訳をするナレースを、王子は遮《さえぎ》った。

「なら、その仕事をクビにしろ。いいか、あいつは今この時から、聖女の召使いだ！」

こっそり話を聞いていたミヤは、ここでついに我慢ができなくなった。

今までずっと空気に徹していたけれど、庇《かば》ってくれようとするナレースの態度に、少しだけ勇気をもらえたのだ。

（彼らに付き合う義理は、もうないわよ！）

ガツンと言ってやろうと立ち上がったのだが、それより前にヒゲ王子が話を締め括《くく》った。

「中央の聖地は我々だけでも問題なかったが、南と北の聖地は転移の魔法陣から距離がある。世話係が必要だ。聖女たっての指名なのだから、光栄に思え。数日後に出発するから、さっさと準備をさせておけ」

王子は立ち上がり、そのまま部屋の扉に手をかける。

まるで、ミヤが抵抗することなどないと信じているような態度だ。

焦るミヤに代わり、ナレースが王子に告げた。

「あなたも無茶を言いますね。無一文のミヤが、何をどうやって準備すると？　服だって日用品だって、僕が用意しているというのに。勝手なことをされては困ります」

「グレナードにいるからには、そのルールに従ってもらおう。それから神官長、お前も聖女の近くに待機してもらうぞ。彼女はお前のことが気に入ったらしい。道中、特別に一緒に話をしてくださるそうだ」

もしかするとモモは、自分になびかなかったナレース相手にムキになっているのかもしれない。

(どうしよう……)

理由は分からないが、ミヤはとても嫌な気持ちになった。彼にモモの近くへ行ってほしくない。

命令する王子に向かって、ナレースはついに神官長としての仮面を外して言い返した。

「はあ？　僕の仕事は聖地巡礼《じゅんれい》の行程の管理であって、聖女のお守り係じゃないんだけど？　それに、ミヤは普通の女の子なんだから、連れて行っても足手纏《まと》いになるだけだよ」

もはや、敬語すら使っていない。

「さっさと城を出て行かなかったあいつが悪い。ここだって城の一部だ、無償で滞在させるわけにはいかない。それに、聖女が危険な目に遭《あ》うかもしれないんだぞ。同郷のよしみで世話くらい焼いてもいいだろう？」

「彼女の部屋だって用意していなかったくせに、今更何を言うの？　王子様方はやりたい放題だね。そんなにミヤが嫌い？」

「そういった感情的な理由ではない！　俺だって、あいつをここに残す気はなかった……あいつは！」

「何？　あなたは、ミヤについて何かを隠しているの？　彼女を冷遇する理由でもあるの？」

「……なんのことだ」

扉の向こうには、たじろぐヒゲ王子の姿が見える。

「と、とにかく、今告げたことは決定事項だ。逆らうのなら、弟のアレクと同様の目に遭《あ》ってもらうぞ」

「アレク殿下に何をしたの？　そんな横暴、神殿本部が黙っていないよ？」

凄《すご》みを利かせるナレースを見て、王子の頬に汗が流れる。だが、彼は退《ひ》かなかった。

「もし命令に背《そむ》くのならば、あの女を捕らえて殺す。この城から逃げ出せると思うな。そうそう、弟と一緒にいた生き物はすでに捕らえてある。あの女の飼い犬らしいな。あれも一緒に始末して剥《はく》製《せい》にしようか」

その言葉を聞いたミヤは、思わず動きを止めた。

プッチーに並々ならぬ興味を示すアレクに、ミヤは、今日もプッチーを貸し出していたのだ。アレクの持つおやつに速攻で興味を示したプッチーは、ミヤのことを忘れ、彼に抱っこされて出かけていった。今夜はそのまま、アレクのところにお泊まりする予定だったのだ。

きっと、それがヒゲ王子の目に留まったのだろう。

「あれだけ珍しい生き物だ、異世界の貴重な資料になる」

ナレースは、王子の言動に不快さをあらわにした。

「勝手なことを言わないでよ。もう一度聞こう、アレク殿下はどうしたの？」

「ああ、あいつは今、地下牢だ」

国王に続いて、第三王子のアレクまで捕まってしまったらしい。

「……それは、なぜ？」

「聖女に対して説教を始めたからだ。あいつは聖地への使用人——非戦闘員の同行を全面的に反対しやがった。使用人たちは、自分から聖女の供になりたがっているというのに」

話を聞いたナレースは、押し黙った。これ以上何を言っても無駄だと悟ったのだろう。

下手な真似《まね》をすれば、アレクの二の舞になる。ミヤについても同様だ。

いくら神殿本部の力が強いとはいえ、距離が遠すぎる。制裁が下る前に、ナレース自身が危険にさらされるかもしれない。

(私の力で、アレクたちを助け出すことはできる？　それに、もし国王を解放できれば、味方してもらえるかも……)

しかし冷静に考えて、それは不可能に近かった。

(刃物を持って暴れてみようかしら？)

魔物に襲われた時、ミヤの体は勝手に動いて迎撃《げいげき》した。凶悪な魔物を一人で倒せたのだから、ある程度は強いと思う。

(でも、人間相手はマズイわよね？　加減ができなかったら殺しちゃうかも)

試しに両手に力を込めてみるが、体が勝手に動き出すことはない。

(そもそも、どうやってあんな力を出せたのかも分からないし。下手に動いてプッチーやアレク殿下に何かあったら困るわ……彼らには、迷惑をかけたくない)

ミヤは向けられる好意に弱い。優秀な兄と比べられて生きてきたこととと、仕事で客や上司に罵《ののし》られる日々が続いていたから、大切にされるのに慣れていないのだ。

自分でも、自分を空気と評して、常に心に鎧《よろい》を纏《まと》っていた。

（でも……）

痛みや苦しみには反発できても、差し出された優しさを前にすると途端に弱くなってしまう。少しでも親切にされると、すぐにほだされてしまうのだ。

アレクの親切な行動に他意はないのだろう。彼はやるべきことをやり、それがミヤの目には親切だと映っただけかもしれない。

（けれど、一人で放り出された私のために、自分の命すら危ないような場所へ来てくれた）

神官長のナレースや騎士のシェタもそうだ。実際彼らは、危険な目に遭《あ》っていた。

今後自分の身に起こるかもしれない危険や屈辱と、彼らの命を天秤《てんびん》にかける。

（ってそりゃあ、みんなの命の方が大事でしょ！　アレク王子やプッチーなんて、今まさに殺されかけてるんだから！）

神殿本部から返事が得られない今、ミヤにできることは、ヒゲ王子に従うことだけだ。

「とにかく、これは決定事項だ。逆らうなら、それなりの覚悟をしておけ！」

不快な捨て台詞《ぜりふ》を吐き、今度こそヒゲ王子は去って行く。

王子が部屋を出て行った後も、ミヤの戸惑いは消えないままだった。キイと扉を開け、ナレースの前に顔を出す。

彼は、ミヤが立ち聞きしていることに気がついていたようだった。

「ミヤ、大丈夫？　……なわけがないよね」

「ええ、まあ。でも、私が行けば丸く収まる話なのよね」

聖地巡礼《じゅんれい》の間だけ我慢すれば、プッチーやアレクの無事は保障される。

「私は平気。一回目もなんとかなったもの。あれに聖女の機嫌取りのおまけが付くだけだわ」

答える声が震えているのは、理不尽な状況に何一つ太刀打《たちう》ちできない自分が悔しいからだ。

ファンタジー小説は今まで何作も書いてきた。架空《かくう》の修羅場《しゅらば》だってたくさん。

だが、実際に自分が舞台に立たされると、呆《あき》れるほど何もできない。

（なんてダメな人間。こんなだから、私は……）

かつて、両親や親戚に言われた言葉が蘇《よみがえ》る。そんな思いに呼応《こおう》するかのように、目の奥から熱いものが込み上げて来た。

遅れて、自分が泣いているのだと気づく。

「ミヤ……」

「ごめんなさい。私、本当はぜんぜん強くないのよ。あなたと出会った時だって、怒りに任せて行動していただけで、冷静になった途端不安で押しつぶされそうだったし。いつも、こんな感じなの」

残念ながら、ナレースの期待に沿える人間ではないのだ。

「だからあなたは、私に気を使わずに、自分の思うまま動いてくれて構わないの。今から神官を辞めて身の安全を優先したって、私は責めたりしないわ」

ミヤの言葉に、ナレースは悲しげに萌黄色《もえぎいろ》の目を伏せた。

「ごめん、ミヤ。君にそんなことを言わせるつもりじゃなかったんだ」

控えめに手を伸ばした彼は、ミヤの頬にそっと触れる。

「泣かないで、ミヤ。君が自分のことを強くないと思っていても……たとえ本当は強くないとしても、僕は君のことを勇敢だと思うし、尊敬しているよ」

「ナレース……」

「僕はまだ神官を辞めないよ。アレク王子たちが心配だからって理由もあるけれど、ミヤの選ぶ道を、ちゃんと見届けたいんだ。それに、君と離れたくない。うまく言えないけど……」

ナレースは盛大に溜息《ためいき》を吐いた。

「情けないね」

「そ、そんなことない！」

彼は薄く微笑んで話を続ける。

「僕はね、南の国々の中でも特に貧しい土地の出身で、孤児だったんだ。七歳の時に、運良くラウラ教の神殿内にある孤児院に保護された。そうしてそのまま他の孤児たちと一緒に面倒を見てもらって、独立せずに神殿に居座った。さすがに無職ではいけないから、神官の肩書きを得てね。だから僕は、神殿から離れて生きたことがない」

「そうだったのね……」

「うまく立ち回って、権力者の養子の座を得てなんとか出世……したものの、知っての通り婚約でつまずいた」

そして左遷《させん》され、グレナードへ追いやられたということだ。

「臆病……なんだろうね。神官を辞めて神殿を出る勇気がなかった。だから、自立して先へ突き進む覚悟を決めている君が、本当に眩《まぶ》しく見えるよ」

驚いたミヤはまじまじとナレースを見つめたが、彼の目は真剣だった。

「次の聖地巡礼《じゅんれい》にも、シェタが同行する。何かあったら僕や彼を頼って。とはいえ、僕は君の同行を阻止《そし》できなかった頼りない奴だけれど」

「ナレース、ありがとう。今回の件は、あなたでなくても、どうしようもないわよ。だから、気にしないでね」

彼はミヤに手を伸ばし、その体を遠慮がちに抱きしめた。

彼にこうされるのは、これで二度目だ。

「どうか、一人で無理をしないで」

「うん……」

服越しに伝わる体温に安心し、ミヤはゆっくりと目を閉じた。

第4章　南の聖地巡礼《じゅんれい》と人気変動

数日後、ミヤとナレースは聖地巡礼《じゅんれい》に出発した。

捕縛されていたプッチーとアレクまで同行させられている。人質としての役割のほか、全王子が聖地巡礼《じゅんれい》に同行することで、国民たちに活躍をアピールしたいという思惑があるようだ。

（要するに、人気取りね）

アレクはミヤの同行と引き換えに牢屋から解放されたことに罪悪感を覚えているらしく、ミヤがモモの世話係をしている間、プッチーの面倒を見ると申し出てくれた。

「アレク殿下、プッチーをよろしくお願いします」

「お任せください。僕のせいで、お二人にはご迷惑をおかけして……」

「いいえ、あなたのせいではありません。どのみちこうなっていたでしょうから。それでは、聖女のところへ行ってきます」

ミヤは、いつもの神官服ではなく、古びた使用人服を着せられた。下級使用人の中でも一番下《した》っ端《ぱ》の服なので、ところどころほつれて薄汚れている。

それを見た聖女の「あはは、オバサン、似合いすぎ！」という言葉は一生忘れないだろう。

総勢八十人という大所帯の聖女一行は、聖地への移動を始めると、まるで大名行列のような長蛇の列になった。

「ちょっとあんた、グズグズするんじゃないわよ！」

使用人の格好をしたミヤに、容赦《ようしゃ》なく叱責《しっせき》の声が飛ぶ。その声の主《ぬし》は、ベテランの使用人たちだ。

彼女たちは、いつもモモの傍《そば》に待機しているメンバーだった。

モモの態度に釣《つ》られて辛く当たってくる上、ミヤ自身も慣れない仕事に動きがもたついている。

何せ、前職は販売員だ。誰かの世話をする業務など、まったく経験がない。

しかもこの世界の道具類は、日本とまったく違うのだ。

お茶の淹《い》れ方くらいなら、ナレースのもとで練習したが……もちろん、それだけで済むはずがない。

着替え、洗濯、食事の手配など、分からないことだらけだ。

また、使用人としての礼儀作法も難関だった。一度モモに食事を持って行ったら、不敬だとヒゲ王子にきつく叱責《しっせき》されたのだ。

聖女に食事を出す際は、一度脇に置かれた簡易机に一式を置き、地面にぬかずいてから出さねばならなかったのだ。

（接客業をやっていたから、嫌な奴に頭を下げるくらいはできるけどさ）

ちなみに、持って行く前に作法について尋ねていたのだが、使用人たちは「普通に持って行けばいい」と、ミヤに嘘を教えていた。

そのくせ後で、王子と一緒になって「不敬だ！」とミヤを非難する。

そもそも、聖女や王族の給仕はベテラン使用人の仕事である。ミヤが行く必要はないのだが、モモはわざわざミヤを指名していた。

罵《ののし》られるミヤを「可哀想ぉ～」などと言いながら、目を輝かせて見るモモ。

それを、「なんとお優しい！」と褒《ほ》め称《たた》える周囲。ミヤの中に、黒い感情がどうしようもなく湧《わ》き上がっていく。

ミヤがモモのもとへ訪れた時、ナレースは神官長としての仕事で席を外していた。

どうやら、聖女や王子たちの我儘《わがまま》のせいで、予定が大幅に遅れているようだ。

聖地巡礼《じゅんれい》の行程管理は神官の仕事なのだが、ついに音《ね》を上げた部下たちが、責任者である彼を呼びに来たらしい。

（おかげであの子とナレースが、二人で仲良く話している姿を見ずに済んだけど……狂った予定の対応に追われるナレースが心配だわ）

とはいえミヤも、自分の仕事で手一杯で彼を手伝うことはできない。

だというのに王子を侍《はべ》らせたモモは、神官長が傍《そば》にいないことを不満がっていた。

「私が呼ばれたのは、あなたたちの都合なのよぉ。付き合ってあげてるんだから、もっと感謝してほしいなぁ。ちょっと休憩が長いくらいで文句言わないでよね。私は長旅なんて慣れていないの」

我儘《わがまま》の限りを尽くす彼女の態度に、難色を示し始めた使用人も出て来ている。

とはいえ、そういった者は第一にモモの被害に遭《あ》うような人物――すなわち人気が低く、冷遇されている使用人なので、大衆への影響力は皆無《かいむ》なのだが。

聖女の矛先《ほこさき》がミヤに向くことも多いので、世話係は大変だった。着替えの服は何を出しても気に入らないと言うし、食事も同様。茶を出した時は、わざとカップをひっくり返された。

「やだぁ、熱〜い！　私、猫舌なんだよ？」

この日も、優雅に薔薇《ばら》の香りを纏《まと》わせたモモは、こぼれた茶を拭くミヤを嘲笑《あざわら》っていた。

（まったく、こんなことをして何が楽しいのよ。くだらないわね）

しかし、ここで声を荒らげても、自分が周囲に罵《ののし》られるだけだ。ミヤはぐっと怒りをこらえる。

（私は大人、私は大人）

南の聖地巡礼《じゅんれい》は、数日にわたる旅路《たびじ》だ。

魔法陣から聖地までは、おおよそ五日かかるという。

頼りのナレースやシェタ、アレクは別行動で、一緒にいられる時間がない。他の王子と違い、アレクはプッチーの面倒を見るほかに、雑務にも追われているようだ。

今のところ、魔物には襲われていないが、主要人物以外は徒歩移動なのが辛い。

モモと王子たちは馬車に乗せられ、座っている。神官や騎士たちは馬での移動だ。

ただ、一般の兵士や使用人たち……そしてミヤも徒歩である。

しかも下《した》っ端《ぱ》使用人は、たくさんの荷物を持って移動している。

連日に亘《わた》る長距離移動により徐々に歩行速度が落ちて行った。ちなみにミヤの担当は、鉄製の鍋《なべ》や調理器具などである。

モモたちは、途中途中で観光などのしょうもないことばかりをした挙《あ》げ句《く》、その遅れを取り返そうと、ある日急にペースを上げ出した。

(このまま、無事に辿《たど》り着ければいいけれど、その前に疲れとストレスでやられそう。重い荷物も運ばなきゃならないし、いつまで歩けばいいの？)

モモの傍若無人《ぼうじゃくぶじん》さや周囲の気遣いのなさに、ミヤの不満は溜まる一方である。

そんな時、近くで蹄《ひづめ》の音がした。

「ミヤ、ようやく会えた！　大丈夫？　疲れてない？」

見ると、白い神官服を着崩したナレースが、黒い馬に乗ってミヤを見下ろしていた。

「ナレース!?　こっちに来て大丈夫なの？」

「うん。本当は、もっと早く来たかったんだけど。聖女に捕まったり、大量に仕事が発生したりして、なかなか抜け出せなかったんだ。ミヤ、何があったの？　そんな荷物を背負って……」

彼は憔悴《しょうすい》しきったミヤを見て、端整な顔に戸惑いの表情を浮かべていた。

「私は平気よ。危険なことは起こっていないいし、魔物も出て来ないし」

「そうは見えないよ。荷物ごと僕の後ろに乗って」

ありがたい言葉だが、他の使用人もいる前で、彼に甘えるわけにはいかない。

「まだ大丈夫。どうにもならなくなったらお願いするわ」

そう伝えるしかなかった。

「でも……」

ナレースの台詞《せりふ》は途中で遮《さえぎ》られた。またしてもモモの我儘《わがまま》な命令が下ったようだ。走ってきた使用人頭《がしら》が、ミヤに居丈高《いたけだか》に命令して来る。

「そこの新入り！　聖女様が休憩に入られるから、今すぐお茶を用意するのよ！　遅れたらただじゃおかないわ！」

モモは一日に何度も休憩を取る。この日はこれで八回目だった。

「ちょっと、ミヤに対してその言い方はないいんじゃないの？」

ナレースが使用人頭《がしら》に言い返すが、彼女は「聖女様の命令は絶対だ」と言って取り合わない。

「だ、大丈夫よ、ナレース。ごめんね、ちょっと外すわ」

慌ててナレースに謝ったミヤは、急いで茶を淹《い》れる用意に取りかかったのだった。


休憩し始めてしばらくすると、前方で止まっている騎士たちがにわかに騒ぎ始めた。

モモに同行している人数は、ミヤの時とは比べ物にならないほど多く、ここから最前列までは恐ろしい距離が開いている。モモは、行列の中央で守られているはずだ。

「何かあったのかしら？」

「ここからだと見えないわね」

下《した》っ端《ぱ》兵士や使用人たちも、事態が把握《はあく》できずソワソワと落ち着かない。

と、ミヤがお茶の仕度をしている間に、近くにいた騎士たちが一斉に馬で駆《か》け出した。

「殿下、聖女様、こちらへ！」

残った数人の騎士が馬車に近づき、彼らをそれぞれ馬の背に乗せて走り出す。

「え？　え？　何が起こっているの？」

茶器を持ったままのミヤは、唖然《あぜん》としてそれを見送る。

瞬間、混乱するミヤと使用人たちの列に、大きな黒い塊《かたまり》が突っ込んできた。

数人が勢いよく撥《は》ね飛ばされ、道の脇に転がる。

「だ、大丈夫⁉」

近くにいた使用人を抱き起こしたミヤは、その背後を見て凍りつく。

そこには、二階建ての家ほどもある、巨大な猪《いのしし》型の魔物が佇《たたず》んでいた。

（いつの間に……？）

兵士や使用人を撥《は》ねたのは、この魔物らしい。

（まずい、囲まれているわ）

周囲には、この魔物の子と思われる小型の猪《いのしし》がずらりと並んでいた。親の三分の一ほどの大きさだが、油断はできない。

「大丈夫よ、騎士や兵士がいるもの」

使用人の一人が、周りを励まそうと声を上げる。

しかし、馬に乗った者はすでに全員逃げ出しており、前方の列は綺麗に姿を消していた。ミヤたちは置き去りにされたのだ。

「なんなの、あいつら……！」

ミヤの中に、どうしようもない怒りが湧《わ》き起こる。

近くに倒れていた兵士が、身を起こしながら叫んだ。

「気をつけろ、親子のグレートボアだ。この魔物は群《む》れで人間を襲って食うぞ！」

その言葉を聞いた使用人の誰かが叫び声を上げ、周囲は恐慌《きょうこう》状態に陥《おちい》った。

「……に、逃げなきゃ！」

蜘蛛《くも》の子を散らすように走り出した人々を、グレートボアの子供が追う。

近くに転がっていた兵士を抱き起こしたミヤも、彼や使用人仲間と一緒に聖地の方向へ走り出した。

転移魔法陣からしか城へ戻れないが、聖地まではまだ距離がある。途中で追いつかれてしまうだろう。

「ミヤ……！」

一頭の馬が走り寄って来る。乗っていたのはナレースだった。

彼は、すぐ傍《そば》まで迫っていたグレートボアの子供に向けて炎の魔法を放つ。

不意打ちを食らった彼らは、大きな音を立てて地面に横たわった。

「早く！　ミヤは後ろに乗って！」

「だめよナレース、馬がない人たちが、まだたくさん取り残されているのよ……！」

今すぐにでも逃げ出したいのは山々だけれど、先ほどまで一緒に仕事をしていた使用人仲間が、泣き出しそうな顔でこっちを凝視《ぎょうし》している。

あの辛い境遇の中で、ミヤにも比較的親切にしてくれた人たちだ。

（この状況で見捨てるのは、良心が痛みすぎる！）

かといって、危険を冒して迎えに来てくれたナレースに怪我はさせられない。

迷っていると、近くにいた兵士が剣を落としたのが目に入った。

とっさに拾おうとしたミヤに、子供を殺されて逆上したグレートボアの巨大な顔が迫る。

そこでナレースが魔法を放ち、魔物の動きを止めた。

ミヤはその隙に、兵士の剣を拾い……周囲の人間を守りたいと強く願う。

何度か経験するうちに、ミヤにも加護を使う条件が分かってきていた。

どうやら、この力は何かを守りたいと思った時に発揮されるようなのだ。

「あ、まただ。来る……！」

剣を手にした瞬間、ミヤの体は舞うようにひらりとジャンプした。以前と同様、体が勝手に動き始める感覚がする。

「きゃあっ！」

切っ先《きっさき》をグレートボアに向け、ミヤは突っ込んでいった。

皮膚が硬いため、なかなか致命傷を与えられない。急所を探るように何度も攻撃を重ねるミヤの後ろから、ナレースが援護するように魔法を放った。

しかし、新手が近づいて来たため、そちらに目標を切り替える。

ミヤが親を、ナレースが子を攻撃する形だ。

不思議なことに、残りの魔物はモモたちが逃げた方向へ駆《か》けて行く。

まるで、何かに呼び寄せられるように……

(この場から、いなくなってくれるのは助かるんだけど、不思議なこともあるものね)

ナレースが子供を一体倒したので、この場には親子が一体ずつ残っている。聖女たちがいる方向へ向かったのは、子供三体だ。

勝手に動くミヤの体は、握ったままの剣を何度も敵に叩きつける。

グレートボアは、近くにある岩を体当たりで破壊した。

(人に当たれば、ひとたまりもないわね)

ミヤはぞっとしたが、体は止まってくれない。

「ミヤ、援護するよ!」

子供と対峙《たいじ》するナレースが後ろから放った炎が、親の進路も妨害してくれる。

(とはいえ、このまま斬りつけたところで弾《はじ》かれてしまうし。せめて、体の中に攻撃が届けば……)

ナレースの魔法のこぼれ玉を利用し、ミヤは再びグレートボアの親に近づく。

そのまま、甲高《かんだか》い鳴き声を上げるグレートボアの喉《のど》に剣をねじ込んだ。

グロテスクな悲鳴が上がり、ミヤは反動で弾《はじ》き飛ばされる。

「きゃあっ!」

地面に強く打ち付けられ、ミヤは呻《うめ》き声を上げた。

しばらくして、親のグレートボアは動きを止め、大きな地響きを立てて地面に倒れる。子供の方もナレースが仕留めたようで、残された兵士や使用人は、全員無事だった。

乾いた地面に手をついて体を起こしたミヤは、服についた土を払った。

「ミヤ、大丈夫？」

「ええ、ナレースこそ」

「僕は平気だよ、相手もそれほど強敵ではなかったし。グレートボアの子供は、親に比べて皮膚が柔らかいから炎の攻撃が効きやすいんだ」

「そうなのね。助けに来てくれて本当にありがとう。もう、ダメかと思ったわ」

ナレースはミヤに駆《か》け寄って、怪我の有無を確認する。彼の回復魔法で、細かな傷はすぐに癒《い》えていった。

「ミヤ、僕の馬に乗って。今度は譲れないよ」

「でも、私は仕事があるし……」

「君は使用人ではないでしょう⁉　無給で下級使用人の仕事をさせられていると知って、いてもたってもいられなくなって飛んで来たんだ。途中で王子に暴言も吐かれたそうじゃないか！」

「あれは、私が給仕の方法を知らなかったから……」

「普通は事前に研修を受けるし、そうでなくても周りが注意する。それをわざと省いたのなら、使用人の責任者もそれなりの罰を受けるべきだ。というか、ミヤの任務は旅への同行と聖女の世話だけだよね？　なんで重い調理器具を背負わされているの？　なんで兵士の下着を洗わされているの⁉」

「な、なぜそのことを⁉」

「使用人たちが噂していたのを聞いたんだ」

「……こ、断れなくて」

そう言うと、ナレースは悔しげに唇を噛んでミヤを見た。

「ごめん、グレナード国民の『不人気者への悪意』を甘く見ていた僕が馬鹿だったよ。大丈夫、もう君にこんな真似《まね》はさせないから」

ミヤを見つめるナレースは、今までで一番凶悪な表情をしていた。

「とにかく、今は僕の馬に。そこに落ちている大量の君の荷物も乗せて。調理器具なんて、女の子一人にずっと持たせるものじゃないだろうに」

戸惑うミヤだったが、そこで不思議なことが起こり始めた。

使用人たちが率先して、ミヤに馬に乗るよう勧めて来たのだ。

「ミヤ様、ナレース様の仰ることはもっともです。馬にお乗りください」

「そうですよ、荷物は体力のある男たちが交代で持ちますので。女性が一人で重い鍋《なべ》を運ぶなんて、そもそも無理な話です！」

少し前まで『お前』や『あんた』だったミヤの呼称が、様付けになっている。

その豹変《ひょうへん》ぶりは、不気味なほどだ。突然のことにナレースも戸惑っている。

「……これは、ミヤの『人気』が変動したのかな？」

「どういうこと？」

「君の捨て身の行動が、彼らの心を動かしたんだと思うよ」

「よく分からないわ」

「魔物を倒して皆を救った功績で、君の『人気』が上昇した。だから、周囲の態度が変わったんだ。他国の者からするとまったく不可解だけれど、これがグレナード王国の国民性。『人気』の評価にすぐに左右されてしまう」

ミヤは自分のステータスを開いてみた。

〈ステータス〉
種族：異世界人
名前：空野美夜（ソラノ・ミヤ）
年齢：二十八歳
職業：守護者
能力：ステータス看破《かんぱ》（他人のステータスが見られる）
加護：物理攻撃強化・身体強化（物理攻撃の威力、身体能力が上がる）
人気：高

（あら、人気が『高』になってる？）

理解しにくいが、そのおかげで重い荷物から解放されるのは、正直ありがたい。長距離を歩いていたことに加え、グレートボア退治で、もう手も足も限界だった。

「さて、いい加減バックレたいところだけれど……」

「今逃げれば、ナレースにもアレク殿下にも迷惑がかかってしまうわ」

「僕のことは別にいいけど、殿下のことは確かにそうだね」

（聖地から離れていなければ、混乱に乗じてプッチーとアレク殿下と共に、逃げることもできたのに）

不本意極まりないが、ミヤたちは、聖女一行を追うことにした。

ナレースの馬は、ゆっくりと歩を進める。

この場に残された兵士や使用人たちは、ミヤとナレースを戦力としてあてにしているようだ。縋《すが》るようにゾロゾロと後を付いてきた。

しばらく無言で進んでいると、不意に前方に馬を連れた集団が見えた。聖女と王子、そして騎士たちだ。

（あれ？　どうして、まだあんな場所にいるの？　もっと先へ進んでいるかと思ったのに）

不思議に思っていると、騎士の中の二騎がこちらに気づき、近寄ってくる。

（シェタとアレク殿下だ）

彼らはすぐにナレースとミヤの方へ馬を寄せた。アレクの腕の中には、プッチーもいる。

「ナレース、戻って来ないから心配した！　ミヤも大丈夫だったか⁉」

少し恨みがましげな様子のシェタだが、彼の役目は聖女を守ることなので仕方がない。

プッチーは、魔物の出現がよほど怖かったのか、アレクの腕の中で置物のように固まっていた。

「大丈夫、私は無事よ。残された兵士や使用人も、最初の一撃を受けた人たち以外は、ほぼ無傷。こっちは何かあったみたいだけど……どうしたの？」

その言葉に、シェタは困った様子で肩をすくめる。

「馬で逃げていたんだけど、聖女の我儘《わがまま》で一旦停止することになったんだ。本日九度目の休憩だよ」

「ま、またなの⁉　しかも、魔物に襲われたばっかりなのに⁉」

「背後には置き去りにした兵や使用人——要するに魔物にとって大量の餌《えさ》が残されているし、ここまで来れば大丈夫だろうと王子が許可を出した」

「馬鹿じゃないの？」

「その通り。彼らの予測はとんだ大間違いで、結局魔物に追いつかれたんだ。俺も進言はしたんだけど、聞く耳を持たずに……そんで、このザマ」

その言葉に被《かぶ》せるように、周囲に悲鳴が響いた。声の先には、三体のグレートボアの子供たちがいる。聖女の乗る馬車のすぐ近くにも、グレートボアの子供が一体立ちはだかっていた。

モモを守ろうとした数騎は、すでに地面に倒れている。

（あの子——聖女は、どこかしら？）

見るとモモは、馬の後方で尻餅をついたまま固まっていた。

王子たちはというと、とっくに逃げ出したようで、騎士集団の中に隠れている。その周囲には、なぜか酒の瓶《びん》がたくさん散らばっているが、今までの経験から深く突っ込むだけ無駄な気がしてきた。

（酒盛りでもしていたのかしら……というか、聖女を思いっきり置き去りにしているけど、それでいいの!?）

残された騎士たちも、仲間が簡単に倒されたのを見て怯《おび》えている。グレートボアに立ち向かおうとする者は、一人もいなかった。

「グレートボアはすごく凶暴で、通常は討伐《とうばつ》不可能だと言われている魔物だ。『会えば一巻の終わり』というようなね。なのに目の前には、子供とはいえグレートボアが三体。戦意喪失《そうしつ》しても仕方がないさ」

説明するシェタに、ナレースが話しかける。

「シェタ、君なら撃退できるんじゃないの？」

「えー、嫌だって」

シェタは、盛大に顔を顰《しか》めて見せた。

「ここで一人だけ派手に活躍してみろよ、次からあてにされて無茶を言われるのが目に見えているじゃん。そんな役回りはごめんだな」

彼の言うことは、もっともだった。

ナレースもいい加減だが、シェタも国に忠誠を誓っているわけではなさそうだ。

（グレナードの騎士になった動機が腕試しだしね……）

とはいえ、他の騎士も戦意喪失《そうしつ》状態なのだから、シェタばかりを責められない。

「きちんと働かなきゃってのは、分かっているんだけど。聖女の我儘《わがまま》の後始末を押し付けられるのはヤダ」

正直者のシェタは、爽《さわ》やかに言い切ってミヤにウィンクした。

(背後が阿鼻叫喚《あびきょうかん》って光景だから、妙に浮いて見えてしまうけど)

モモは、回復魔法で仲間を助けるどころか、恐慌《きょうこう》状態に陥《おちい》っている。

「来ないで、来ないでよおっ！　ほら、あっちにも人間がいるし？　そっちを狙おうよ？」

聖女が指差す先には、騎士たちと、彼らのもとに避難した四男――ショタ王子がいる。

(ええっ!?　王子を魔物に狙わせちゃマズイでしょ!?　一人で置き去りにされたから、怒っているのかしら)

その少し奥にはぐったりと横たわるヒゲ王子と、彼の傍《そば》で震えている次男の長髪王子が見えた。

どうやら、ヒゲ王子は怪我をしているらしい。

「シェタ、あの王子、怪我をしているの？」

「ああ、最初の一撃から聖女を庇《かば》ってな。とはいえ少しかすったくらいで、出血もしていないぜ。ちょっと大げさだよなぁ。聖女を庇《かば》ったっていう口実が欲しかっただけじゃない？」

シェタは完全に他人事だ。王子たちをよく思っていない心情が、言動に透《す》けて見えている。

(いや、透《す》けるどころか、ガッツリ出ているか……)

小さな怪我をしたり怯《おび》えたりしてはいるものの、奥のヒゲ王子たちは安全だろうと思っていたのだが、ここで予想外のことが起こった。

二人の王子の方に、魔物が鼻をひくつかせながら近づいていったのだ。

近くにいた騎士が、彼らを守るように立ちはだかる。

(足、震えているけど……？)

ついシェタを基準に考えていたが、この国の騎士や兵士はさほど強くない。

魔物三体相手にまったく使い物にならないありさまだ。

呆《あき》れた目で彼らを見るミヤに、シェタが告げる。

「今回の聖地巡礼《じゅんれい》は運が悪かった……というか、不測の事態が多すぎたな。ナレースも気の毒に」

シェタは、同情するようにナレースを見た。

「あいつは、魔物が出ても充分に対処できる兵士を用意していたはずだし、移動にもこんなに時間をかけないつもりだった。それが蓋《ふた》を開けてみれば、王子が勝手に兵士の半数を非戦闘員の世話係と入れ替えていた上に、聖女が道中で何度も休憩を取った。トドメは、数度に亘《わた》る無意味な観光だ……」

そのせいで、彼は旅程の調整に振り回されていたのだという。

「一回目がうまくいったからとはいえ、聖地巡礼《じゅんれい》を舐《な》めているにも程があるぜ」

ついに騎士が蹴散らされ、ヒゲ王子の近くにグレートボアの一体がやって来た。

特に攻撃の意思は見せていないようだが、狙われればひとたまりもない位置だ。

(自業自得だし、正直言って、あの王子は大嫌いだけれど……)

目の前で彼が無残に殺されるのを喜ぶような趣味はミヤにはない。

「ねえ、もしも聖地巡礼《じゅんれい》が失敗したらどうなるのかしら？」

ふと疑問に思い、ミヤはナレースに質問した。

「聖地に面しているこの国には魔物が増え、次の聖女召喚まで住める状態ではなくなるね。聖地から離れた土地なら大丈夫だと思うけど、グレナードの人たちにとって聖地は宗教的に大事な場所だし……簡単には移住しないんじゃないかな」

「大きな被害が出るのね？」

「でも、それは全ての聖地の浄化に失敗した場合だ。『一箇所だけ浄化できなかった』という程度なら、被害はその地に限定的になる」

「例えば中央と北の聖地を浄化できても、南で失敗すれば、南付近だけが荒れるということね」

ミヤの確認に、ナレースは首を縦に振った。

「そういうこと。それに神殿の資料によると、聖地巡礼《じゅんれい》に失敗しても、他国にはほとんど被害が出ていない。グレナード王国の東にある僕の出身国も、聖地からは離れているから影響を受けていないんだ。グレナードも早く引っ越せばいいのに、何百年も聖地を崇《あが》めて居座り続けている」

シェタも頷《うなず》きながら補足する。

「俺の故郷もグレナードの南にあるが、かつて浄化に失敗した時も無事だったらしいぜ？　グレナードからは援助要請が来たらしいが……まあ他人事《ひとごと》だからな。神殿関係者以外は関わりたがらない。この国は、色々と文化が面倒だしさあ」

グレナードは、他国から嫌われているようだ。

味方といえば、一応の中立勢力で、聖女を崇《あが》めるラウラ教の神殿本部くらいらしい。

「神殿本部はグレナードを助けているけれど、それにしたって、どちらかというとこの国が暴走しないよう陰から見張っているといった関わり方だからね」

「なるほど……」

それを自覚しているから、この国は必死になって聖女を呼び出したのだろう。

他の国に頼れないなら、自国でなんとかするしかない。

聖女を庇《かば》おうと奮闘する人間は、この期《ご》に及んで一人もいなかった。そういった騎士や兵士は、すでに魔物に倒されてしまったのだろう。

残されたのは非戦闘員や、逃げ腰の王子たちだけだが、彼らは聖女を守るどころか、怯《おび》えて隠れるばかりだった。

（……聖女を守らないと浄化は失敗しちゃうのに、これでいいわけ？）

『人気』のある聖女に群《むら》がっていた人々は、『彼女を守るために命をかけてもいい』とまでは考えていないらしい。

絶体絶命のモモは、なりふり構わず周囲に助けを求め始めた。

その大きな叫び声に影響されたのか、魔物のうちの一体が彼女に向かって歩き始める。

「もうぅ！　来ないでってばぁ！」

追い払おうと魔物を怒鳴りつけるモモだが、明らかに逆効果だった。

ついにグレートボアの子供は、モモに向けて突進の構えを取る。

それを見たアレクが言った。

「グレートボアの子供を侮《あなど》ってはなりません。すでにご存知かと思いますが、攻撃を受けると致命傷を負いますよ」

このままでは、モモが危険だ。

(なんとか、守れないかしら……？)

ミヤがそう思った瞬間、モモがひときわ大きな悲鳴を上げ――まるでその声に呼応《こおう》するように、ミヤの体が勝手に動き始めた。

「わあっ、また足が……！」

くるりと回転したミヤの体は、限界以上の速さで地を駆《か》ける。

そうして、ミヤの意思を置き去りにしたまま、モモと魔物の間にスライディングした。

「うあああっ！　ちょっと、待ってー！　心の準備がー！」

ちょうど魔物が腕を振り下ろす直前だったため、鋭い爪がミヤの脇腹を深く抉《えぐ》る。

「うっ……！」

鋭い痛みに思わず声が上がったが、ミヤの体は止まらない。魔物を倒すまで、勝手に動き続けるようだ。

近くに倒れていた騎士の剣を抜き取ったミヤは、目の前の一体と対峙《たいじ》する。

(痛い、痛い！　嫌だぁ、その体勢痛いってば！)

心の中で何を叫ぼうが、体は容赦《ようしゃ》なく動いていく。

手にした剣を振りかぶり、ミヤは魔物に向かって高くジャンプした。人としては異常な程の脚力を利用して、そのまま強く振り下ろす。

と、傷を負った脇腹に、強い負荷《ふか》がかかった。

「痛ーい！」

親と違ってグレートボアの子供の皮膚は柔らかい。毛皮を貫通《かんつう》した剣は、そのまま肉を断ち切っていく。ミヤは、人間離れした力が腕に宿っているのを感じた。

その様子を見たナレースとシェタが、焦ったような声を上げる。

「ミヤ！」

「ああ、もう！　なんで突っ込んでいくかなぁ!?」

駆《か》けつけた二人は、残りの魔物の始末していく。

血を流しながら剣を振るうミヤに勇気づけられたのか、恐怖で固まっていた他の騎士たちも立ち上がって動き始める。

「俺たちも手伝うぞ！」

「ああ、あの方たちだけを戦わせるわけにはいかない！　加勢しよう！」

三体の魔物はそれからすぐに退治された。

体の自由が戻ったミヤはその場に倒れて動けなくなってしまったが、慌ててナレースが駆《か》けつけ、回復魔法を施《ほどこ》してくれる。

「ミヤ、ミヤ！　待っていて、今治すから」

「う、あり……がと」

「傷は深いし、出血量も多い……こんなになるまで戦わされるなんて、『守護者』の力って一体なんなのかな」

「分からない。でも、誰かを助けたいと思った時にああなるみたい」

「ミヤの良心がそのまま影響してしまうなんて、厄介《やっかい》な加護だね」

ナレースがミヤの治療を続けていると、不意に背後から鼻にかかった甘い声が呼びかけてきた。

怖い魔物がいなくなり、完全復活したモモだ。

（げっ……！）

彼女から少し離れた場所には、同じく復活した三馬鹿王子もいた。ナレースやシェタ、騎士たちに助けられ、全員無事のようだ。

モモはナレースの背後から、肩に軽く手を置いて言った。

「ねえ、あなた、回復魔法が使えるのよね。先にこっちの怪我を治してくれないかな？　ほら、王子様たちも怪我しているし、私も転んで怪我をしちゃったし？　優先順位的に、こっちが先だよね？」

身勝手なモモの言葉に、ナレースは片眉を上げ、溜息《ためいき》を吐く。

「……軽く殺意が湧《わ》くなあ」

近くにいたシェタの物騒な呟《つぶや》きも聞こえて来た。

王子はショックが大きかっただけで、怪我もかすり傷程度である。

「ミヤは重傷、しかも君を守って怪我をしたのに。どちらを優先するかは、言うまでもないことだよ」

「そんな、重傷だなんて大げさな。今も普通に喋《しゃべ》っていたじゃないの」

「それは僕が回復魔法をかけたから。──というか同郷の者に対して、どうしてここまで非情になれるの？」

確かにモモは、まるでミヤを疎《うと》んじているかのような行動を取っている。

嘘をついて聖女役を押し付けて聖地巡礼《じゅんれい》に送り出したり、王宮を出ていこうとしていたミヤを世話係として無理矢理同行させたり……何を考えているのか、さっぱり分からない。

動かないナレースに対して、モモは声をかけ続けた。

「ねえねえ、地面に膝をついていないで、こっちへいらっしゃいよ。あなたは神官長なのだから、こんな場所にいるべきじゃないわ。王子に言って、道中の待遇をもっと良くしてあげるわよ」

しかしナレースは、モモの方を振り返ることなく冷たい声音で告げる。

「……君さ、馬鹿なの？」

今までにない、厳しい口調だった。

「えっ……？」

「えっ、じゃないよ。ミヤは死にかけていたんだよ。でも、殿下や君は放っておいても死なないだろう」

「やだ、そんな……」

「大体、聖女サマは回復魔法が使えるって聞いたけど？　自分で殿下たちを治してあげなよ、その方が彼らも喜ぶし」

その言葉に、モモはキョトンと首を傾《かし》げている。本当に悪気なく発言していたようだ。

「ねえ、どうして怒っているのぉ？　なんで私には冷たくするのに、そんなイケていないオバサンの世話を焼くの？　この国の人なら権力者を優先するのが普通でしょう？」

「君には言っていなかったね。僕はグレナードの人間じゃないし、神殿は国の下につかない独立した存在だ。一応聖女は信仰しているけれど、それは我儘《わがまま》を全て受け入れるという意味ではないよ。そして、僕は君が好きじゃない」

「冗談よね？」

「もういいかな、ミヤが苦しんでいるから」

強制的に会話を切り上げ、ナレースはミヤの治療を再開した。

ミヤの周囲には、先ほど彼女に助けられた騎士や兵士、使用人が集まり、心配そうに様子を窺《うかが》っている。

ナレースが回復魔法に専念した甲斐《かい》あって、その後ミヤの傷は完全にふさがった。

ただ、前回同様、すぐに元通り動けるようになるわけではない。

「回復魔法を使ったけれど、無理は禁物だよ。今は安静にしていてね」

ミヤを大事そうに抱き上げたナレースは、そのまま休める場所へと移動する。

周囲にいた使用人たちまで、何かとミヤの世話を焼き始めた。食事を持って来たり余った服を持って来たり、以前とはまったく違う行動を取っている。

つい先ほどまで『人気』のないミヤを敬遠していたというのに……魔物から助けてから、彼らは明らかに以前より友好的だ。

急に優しくなった人達に戸惑ってしまう。

ナレースは彼らを見て、呆《あき》れたように溜息《ためいき》を吐いた。


怪我人の手当てが一段落したところで、ヒゲ王子がミヤとナレースに声をかけてきた。

すでに傷が癒《い》えているところを見るに、ナレースやモモ以外にも回復魔法を使える者がいたらしい。

彼は小声で話し続ける。

「重要な話だ。この女の……守護者のことで」

「なんでしょう？　僕は忙しいのですが？」

「迷ったのだが、お前たちには、真実を話しておこうと思う」

王子のその言葉に、ミヤとナレースは動きを止めた。

周囲は、すでに人払いされミヤたち三人以外に誰もいない。

「その女、守護者は危険な存在だ。簡単に人を殺《あや》める殺戮者《さつりくしゃ》なのだ」

「ミヤが危険？　何を馬鹿なことを。彼女はさっきだって魔物を倒し、ここにいる人たちを助けたではありませんか」

そう言われ、王子は苦い顔になった。

「ああ、確かにそうだ。だが、その刃《やいば》の向く先が、今後も魔物だけとは限らない。人間に向く可能性とて、充分にあるのだ」

ミヤは黙って彼の話の続きを待つ。

「この話は、国王と俺しか知らないのだが……実は我が国は、過去にも守護者を迎えたことがある。二百年前――前々回の聖女召喚の時だ」

「……っ！」

ナレースの顔色が変わる。それはそうだとミヤは思った。

(彼は、神殿本部から派遣されている身だものね)

ナレースがその事実を知らないということは、グレナードが神殿本部に守護者の存在を隠蔽《いんぺい》していたということにほかならない。もしくは、神殿本部の上層部のみが知っているという可能性もある。

(過去に神殿から派遣され犠牲になった神官長たちは、魔物にやられたのではなく、グレナードに口封じされたのかも)

ナレースの萌黄色《もえぎいろ》の視線を受け、ヒゲ王子は気まずげに言い訳した。

「守護者は危険だ。下手をすると周囲に大損害を与える。そんなものを呼び出したと知られるわけにいかず、グレナードは事態の隠蔽《いんぺい》に走ったのだ。ゆえに我らは、守護者であるというこの女を敬遠していた」

「だから単身で聖地へ放り出し、隙あらば殺そうとしていたのですか？　ミヤが今までどんなに辛い目に遭《あ》ってきたか、あなたは知っていますよね？」

「別に俺は、故意に守護者を殺そうとはしていない」

これには、ミヤが横から口を挟んだ。

「嘘つき！」

一人で魔物を倒せる戦闘力に恐れをなしたのか、王子はモゴモゴと言い訳を始める。

「あ、あわよくばという思いは、少しだけあった。聖女と距離を置かせたいという気持ちも……だが、それだけだ！」

ナレースの表情が、さらに険《けわ》しくなる。

「いずれにしても、あなた方は守護者の存在を把握《はあく》していたのに隠していた。その罪は大きい。この件は全て、本部に報告させてもらいます」

グレナードは国ぐるみで長年神殿を欺《あざむ》き続けていたのだ。

神殿が事態を把握《はあく》していてもいなくても、彼らが守護者のことを隠していたのは事実。

「報告すれば、多少なりともペナルティーが課せられるでしょう」

そう告げられ、王子は苦々しい表情になった。

「二百年前のことだ。その時代に記された文献には、我が国に不都合な事実が載《の》っている。内容は、歴代の王と王太子しか知らない。なぜ、聖女単独の召喚と、聖女と守護者セットの召喚が起こるのかの理由までは不明だ。何せ、記録に残っている守護者は一人だけだからな」

ヒゲ王子は、なおも話を続ける。

「我々が直接手を下し、後々面倒なことになっても困る。俺は、この女が人知れず消えることを願った。だから聖女を利用して、守護者が自主的に消えるよう仕向けたのだ……外で死んでくれればいいと思っていたからな」

これには、ナレースが反論した。

「ミヤの食事に、毒が入れられていたこともありましたけど？」

「……なんのことだ？　俺は知らんな」

「ですが、魔法をかけた時に反応がありました。何か毒物を混ぜていなければ、そうはなりませんよね」

恐ろしい真実を知り、ミヤはギョッとした。

過去、ナレースが食前の祈りと言って、ミヤの食事に何かをしていた様子だったのは、魔法をかけていたのか。

彼の回復魔法は人間以外にも有効で、毒を消すこともできるのだ。

（いくら人気が低いとはいえ、聖女候補に毒を盛るっておかしくない⁉）

ナレースに出会わなければ、きっと知らずに食事をしてしまっていただろう。

「城内で死なれると外聞《がいぶん》が悪いから、そんな真似《まね》はしない。大方、使用人のうちの誰かが周囲に便《びん》乗《じょう》して勝手に実行したのだろう。罰したければ勝手にしろ」

知らず苦い表情を浮かべてしまったのだろうか。ナレースが安心させるように、ミヤの肩を抱いた。

（私を気遣って、彼はこのことを黙っていたんだろうな）

優しい彼に、ミヤは何度お礼を言っても言い足りないと思った。

ナレースは険《けわ》しい表情を王子に向け続けている。

「……話の続きを」

彼に促《うなが》されたヒゲ王子は、淡々と過去に起きた事実を語り始めた。

「過去の守護者は、国を破壊した。当時の王妃と王太子、そして王女は奴に殺されている。騎士たちも、ほぼ壊滅状態。そうして城内城外問わず、自分に関わった人間を皆殺しにした守護者は、そのまま姿を消したのだ」

王子はナレースにミヤから離れるよう促《うなが》したが、彼は動かなかった。

「……ミヤの守護者としての力が発揮されたのは、彼女自身が何かを守ろうと願った時だけでした。過去、聖女や守護者の身に何かあったのでは？」

「代々の聖女は役目を終えた後、神殿に身を寄せていたと記録されている。だが、前回と前々回の聖女についての記録は残っていない。俺には、答えようがないな」

前回と前々回の聖地巡礼《じゅんれい》では、神官長が亡くなっている。

ミヤは当時の王族たちが良からぬことをして、それを隠すためにあえて記録を残していないのではと疑った。それに彼はまだ全てを話していないように思える。

（怪しい……）

「以上のことから我が国では、表向きは『守護者などという職業は存在しない』ということになった。ところが、今代の聖女召喚時に、また守護者がついて来た」

「で、今更それを僕に話して、あなたはミヤをどうする気です？　ああ、彼女を脅《おど》して南の聖地巡礼《じゅんれい》に連行させた件は、すでに本部へ包み隠さず報告してありますからね？　そちらが何かを隠しているということも。そろそろ向こうも、何かしら対策を講じてくるはず」

ナレースは冷徹《れいてつ》な言葉を口にし、王子をまっすぐに見据《みす》える。

「……仕方がない。そうなるとこちらも、事実を話さざるを得ないだろう」

少し迷った様子のヒゲ王子は、新しい事実を告げた。

「今更の話になるが、父は守護者を味方に引き入れれば利益になると考えていた。試しに聖地へ送って、実力を測《はか》るつもりだったらしい。だが俺は、守護者は後の脅威になると踏んだ。だから、単独で聖地へやって間接的に消そうとした」

「僕はてっきり、聖女の誘惑に負けたのかと思っていましたが？」

「今回の件で聖女の口車に乗ったのも、守護者を排除するためだ。異世界人同士結託されるのも避けたかったしな。酷《ひど》い扱いを受ければ、守護者は城から逃げ出すと思ったのだが」

本当かどうか、かなり怪しい話だ。特に最初の聖地へ行くまでは聖女候補だったにもかかわらず、ミヤは王族以外の「守護者のことを知らない相手」にもロクな扱いをされなかった。

「馬鹿ですね。逃げれば死ぬことくらい、ミヤは分かっていましたよ」

ナレースにそう言われ、ヒゲ王子は重々しく頷《うなず》く。

「重ねて言っておくが、いくら我が国に聖女を重要視する文化があるとはいえ、あのような普通の小娘に、俺が本気で惚《ほ》れるわけがないだろう」

　このぶんだと、王子は他にも隠しごとをしているのではとミヤは思った。

「それで、過去の文献にはなんと記されていたのです？　あなたはまだ、全てを話していませんね？」

　ナレースもミヤと同じことを考えたようで、追及の手を緩《ゆる》めない。

「我が国の機密に関することだ。そもそもこの件は、本来なら告げるつもりはなかった」

「神殿本部に本格的に追及される方がいい？　僕よりもかなり厳しいですよ？」

「くっ……！」

　しばらく睨《にら》み合いが続いた後、王子はようやく口を割った。

「先ほどは前々回の聖女について記録は残っていないと言ったが、実はそうではない。過去の守護者は男だった。そいつがグレナードに牙を剥《む》いたのは、王が罪を犯《おか》した聖女を処刑したからだと記されている。それが全てで、そうなった経緯は分からない。もういいか、これで全部だ」

「グレナードは、聖女を殺したのか!?」

「殺したのではない、処刑だ。過去の聖女は罪人に身を落とした。文献にそう記録されている」

「……罪人ねえ？　でも、国の危機を救った聖女を処刑するなんて、よくもそんな真似《まね》ができましたね」

　ナレースがそう言うと、ヒゲ王子は涼しい顔で答えた。

「役目を終えた聖女など、ただの面倒な存在でしかない。得体の知れない血を王族に混ぜるわけにもいかないし、下級貴族に払い下げようにも貰い手はほぼいない。かといって市井《しせい》に放り出せば、他の勢力に利用される」

「だから、そのような問題を起こさないために、神殿が聖女を引き受けるのだけれど？」

「当時の王は、神殿と不仲だった。神殿の勢力拡大を恐れていたらしい。それで、独断で聖女を処刑したのだろう。しかし、それを見ていた守護者が暴れ出し、当時の国王を除く王族、宰相や貴族たち、その他関係者が死亡する事態となった。あとで判明した話だが、聖女と守護者は恋仲だったらしいから、その辺りが動機だろう。この醜聞は国の内部で隠蔽《いんぺい》され、二百年経《た》った今、王と俺以外に真実を知る者はいない。幸い、犠牲者のほとんどは城の者だったからな。その時の神官長は口を封じられたそうだ」

そう答えたヒゲ王子は、力なく溜息《ためいき》を吐いた。

「グレナードが隠していた事実は分かったし、僕が君たちの聖地巡礼《じゅんれい》に従う理由はなくなった。仮に僕がこの後殺されても、すでに神殿はこの国に不信感を抱いているから、疑惑が確信に変わるだけだ。南の聖地巡礼《じゅんれい》が成功しても、神殿は事実を黙っていたグレナードを罰せざるを得ないだろう。一つ隠蔽《いんぺい》を許せばきりがなくなる。――でも、正直に話せば情状酌量《じょうじょうしゃくりょう》の余地はあると思う」

神殿は、大きな力を持っている。

過去に神官長がグレナード王国の命令で密《ひそ》かに殺されていたなどという事実を知れば、普通ならそれなりの報復に出るはずだ。

（内部は腐敗《ふはい》しているっぽいけど、そのくらいはしてくれるよね？）

グレナード直通の魔法陣がないと聞いているので、時間がかかってしまうのがネックだが、そろそろ何かしらの連絡があってもいい頃だろう。

転移魔法を使える者ならすぐに移動できるらしいが、そういった能力を持つ人物はかなり希少。

それに、その能力を持つほとんどが今回の聖女召喚に駆《か》り出され、しばらくは魔法を使えなくなっている。

つかの間視線を交《か》わし合ったナレースとヒゲ王子は、今後ミヤに手出し無用という約束を交《か》わし合う。

そしてミヤはこの旅が終われば、グレナードを出て行くという取り決めがなされた。

※　※　※

この国、グレナード王国では『人気』が人を評価する基準になる。

見た目が地味で三十路《みそじ》前、聖女としての能力を持たないミヤの異世界での評価は散々だった。あからさまに無視されたことは数え切れないし、それどころか命を狙われたことさえある。

だが、そんなミヤの周囲は、現在奇妙な状況に陥《おちい》っていた。

ヒゲ王子から守護者についての情報を聞かされた後、休憩を終えたミヤは、徐々に自力で動けるようになってきたところなのだが、目の前には、心配そうな表情の使用人や兵士、騎士が集まっている。

「ミヤ様、何かすることはありませんか⁉」

「ああ、ミヤ様ぁっ！　助けていただき、ありがとうございます！」

「良かった、お怪我が治って本当に良かった！」

（な、何がどうなっているの⁉）

比較的仲良くしていた一部の使用人ならともかく、全然知らない騎士までもが周囲で騒いでいる。

〈ステータス〉
種族：異世界人
名前：空野美夜（ソラノ・ミヤ）
年齢：二十八歳
職業：守護者
能力：ステータス看破《かんぱ》（他人のステータスが見られる）
加護：物理攻撃強化・身体強化（物理攻撃の威力、身体能力が上がる）
人気：高

（ここの国民性、やっぱりよく分からない）

地面に敷《し》いていた休憩用の布を片づけて立ち上がったところで、シェタがやって来た。

「ミヤ、大活躍だったな。怪我はもう大丈夫か？」

聞き慣れた声に、ほっとする。

「うん、もう平気。シェタも、魔物を倒してくれてありがとう」

「んー……そう言われると、ちょっと複雑」

きっとミヤが怪我をしたせいで、素直に喜べないのだろう。

だがシェタも、権力者の護衛が本来の仕事なのだから、仕方がない。それくらいは、ミヤも理解できている。

「ええと、そろそろ出発かしら？」

「そうだな、同行者の回復もほとんど済んだし。ここから南の聖地までは、まだかかりそうだが」

「……あの、モモの様子は？」

「擦《す》り傷を回復してもらって、今は寛《くつろ》いでいる。まったく良い身分だよな。自分の我儘《わがまま》で多くの人間が犠牲になったというのに、そっちの心配は全然してなかった」

彼の言葉の端々《はしばし》に、トゲを感じる。

「我儘《わがまま》の内容は知っている？」

彼は一瞬言葉に詰まった後、言いづらそうに答えた。

「魔物に襲われて怖かったから、一度休んで心の安定を図《はか》りたい。そもそも長旅で体調も悪い……とさ」

「そ、そうなのね」

長時間の馬車移動が辛いのは分かるが、ミヤたちは徒歩だった。

しかしそれ以外にも、ミヤには突っ込みたい部分があった。

「……心の安定を図《はか》るには、魔物の出現場所との距離が近すぎじゃない？　何も、あんな場所で休憩しなくても、もう少し離れてから休んだ方が安全だったのに」

「後ろの兵士や使用人が犠牲になったから、自分たちにまでは害が及ばないと考えたらしい。実際に、魔物は聖女を避ける習性を持っている。今回は天罰でも下ったのか、聖女も狙われたけれどな」

その場面を見ていたシェタによれば、グレートボアの子供たちは、まるで誘われるように前方の集団の方へ向かってきたとのこと。

「天罰って……」

「冗談冗談、実際はグレートボアの好む薔薇《ばら》の香りを発生させたことが原因だ。休憩する聖女に気を利かせた使用人頭が香を焚《た》き始めたんだ。アレク殿下曰《いわ》く、グレートボアは、見かけによらず花を好む種類らしいぜ」

そう言われて、ミヤはハッとした。

「そういえば使用人頭は、移動中もしょっちゅう香を焚《た》いていたわね。聖女が好きな香りだからって言う通り、実際モモからはいつも薔薇《ばら》の香りがしていたわ」

しょうもない用事で呼びつけられることが多かったミヤは、馬車の中にもたびたび顔を出していた。

その中は、薔薇《ばら》の香りにあふれていたことを思い出す。

「……アホとしか言いようがない。自分から魔物を呼び寄せたようなもんだ。聖女が襲われたのも、そのせいだろうな。王子も狙われたのは、聖女と親密にしていて香りが移ったせいじゃないか？」

多大な犠牲が出た今回の事件の原因に、ミヤもシェタも唖然《あぜん》としたのだった。


しばらく休憩を挟んだあと、聖女一行は、南の聖地へ再出発した。

ミヤは完全回復していないからという理由で、ナレースの馬に乗せられている。歩けると主張しても、ナレースやミヤに助けられた者たちが許さなかった。

使用人の仕事は、ヒゲ王子の一存で免除されている。ミヤの力を目《ま》の当たりにし、さすがにこれ以上機嫌を損ねるのはマズイと判断したようだ。

今までの酷《ひど》い扱いは、守護者の力についてよく分かっていなかったかららしい。

王族や貴族にもたらした災《わざわ》いというものが、物理的な攻撃力によるものとは思わなかったのだろう。それに、先代の守護者の加護とミヤの加護の能力が同じだとは限らない。

馬に揺られながら、ミヤは周囲を観察する。

(なんだか居心地が悪いわね。私だけ色々免除されて馬で移動なんて)

ずさんな扱いに慣れ、だんだん求めるものの基準が低くなっている。

神官長を含む騎馬集団は、聖女の乗る馬近くを移動していた。そのため、時折モモの様子が目に入ってくる。

現在の彼女は、どうもご機嫌斜めの様子だ。使用人たちに向かって声を荒らげ、王子に対しても切々と不満を訴えている。

「信じらんないんですけど。なんで誰も私に話しかけてこないの？　普通、もっと心配してくれるでしょう？　私のことが大切じゃないの？」

「聖女様、お気を鎮《しず》めてください」

現在は、長髪王子とショタ王子が彼女の機嫌取りをしていた。

「魔物なんて初めて見たし、怖かったし。第一王子は勝手にオバサンを世話係から外しちゃうし、まだ聖地には着かないし！」

長時間の移動で腰が痛んでいることや、ナレースに手当てを断られたことなども、不機嫌さに拍車をかけているようだ。

だが、出発直後は何かと彼女の世話を焼いていた使用人たちも、現在は距離を置いており、命令されない限りは動きもしない。

ミヤはモモのステータスをさりげなく確認した。

〈ステータス〉
種族：異世界人
名前：姫宮桃（ヒメミヤ・モモ）
年齢：二十歳
職業：聖女
能力：回復魔法（魔法の光により体の損傷箇所を回復させる）

加護：浄化（聖地の穢《けが》れを祓《はら》い正常な状態へ戻す）
人気：中

徒歩の兵士たちも、もはや聖女への興味を失くしていた。

「ミヤ、もう大丈夫だよ。聖女のことは気にしなくていい」

馬上のナレースが、後ろから抱きしめるように腕を回してくる。

「あの、そんなに密着しなくても……」

「ミヤは馬に乗ったことがないと聞いてるし、落ちたら危ないよ」

「それはそうだけれど。本当に、こんな風にする必要があるの？　少し、恥ずかしいわ」

丁寧に扱われると、喪女《もじょ》のミヤは落ち着かない気持ちになる。気を逸《そ》らすように、ミヤはモモが乗る馬に視線を戻した。

「ミヤ、そんなに聖女が気になる？」

「ええ、まあ。彼女、すごく怒っているみたいだし」

「使用人から彼女の噂を聞いたけど、出発前からすでに荒れていたそうだよ」

「どういうこと？」

「今後についての話を聞いたらしい。普通、聖地巡礼《じゅんれい》を終えた聖女は後々のいざこざを断つために神殿へ送られる。でも、あの聖女はそれを嫌がっているようだね」

第一王子も言っていたが、役目を終えた後の勇者や聖女の扱いに困るという展開は、物語の中だけではないようだ。

ミヤが読んだ本の中には、お役御免《ごめん》になった後で殺される話もあったので、それに比べれば良心的な部類だと思う。

もっとも、聖女として無関係の異世界人を呼び出した時点で、良心もへったくれもないのだが。

「ラウラ教の神殿は、もともと聖女保護のために作られたと言われている。大昔には、迫害を受けた聖女もたくさんいたらしい。役目を終える前に亡くなったり、終えた後で殺されたり、奴隷《どれい》のような扱いを受けていた者もいたようだ。むしろ、そっちが主流だったみたい」

生臭《なまぐさ》坊主だが仕事はできるナレースが、神殿ができた経緯を教えてくれた。

「あ、やっぱりそうなんだ」

「そんな状態が普通だったのに、どうして急に聖女保護の方向に変わったのかは分からないけれど、行き場を失った聖女に安らげる居場所を与えようと、神殿は聖女に友好的な教えを広めていったそうだよ。大昔すぎて、なんの資料も残っていないから、これ以上のことは分からない」

聖女保護の経緯は不明だが、神殿があってよかったと思うミヤだった。

「それにしても、どうしてあの子は安全な神殿行きを拒《こば》むのかしら。まさかとは思うけれど……」

嫌な予感を覚えたミヤの考えを裏付ける話がナレースの口から飛び出す。

「それが……どうも、王子たちと結婚して、王宮に留《とど》まることを望んでいるみたいで」

「……うわあ」

「身近に仕えていた使用人の話だと、『今までの聖女と自分は違う』と言い張っているらしいね。この旅の間も王子に甘えてばかりだったみたい。実際旅に出る前は、王子と仲が良さそうだったし」

「それなら私も見たわ。一応、世話係をしていたから」

けれど王子たちが、異世界人の平民である聖女を妻とするかは別問題である。

ただでさえ色々な思惑が絡む結婚相手に、果たしてモモを選ぶだろうか？

「まあ、王子たちの方も色々勘付いたみたいで。少し聖女との距離を取り始めているよ」

やはり彼らは、結婚相手に聖女を……という考えは持っていないのかもしれない。

「あれだけ骨抜きに見えていたのに。全部演技だったたというの？」

疑問に思っていると、シェタの乗る馬が隣に並んだ。

ミヤたちの話を聞いていたらしい彼も、同じような見解を述べる。

「いや、殿下たちにも多少の下心はあったと思うぜ？　聖女の行動が少々度を越したから、態度を変えてきたのかもな。騎士の仲間の間にも、聖女への不満が広がっているんだ」

シェタは、シェタなりに新たな情報を仕入れてきたようだ。

置き去りにした生贄を切り捨て、少なくとも聖女を乗せた馬車だけは安全に進んでいた。それをぶち壊したのは、モモの我儘《わがまま》だ。

騎士の犠牲も多く出たので、彼らが怒るのも分かる。

「おっと、もう行かねえと！」

仕事があるからと、シェタは再び持ち場に戻っていった。彼に見送りの言葉をかけたナレースが、後ろからミヤを気遣ってくる。

「南の神殿までは、あと少しだよ。疲れていると思うけど……」

「私は大丈夫、馬に乗せてもらっているもの。ありがとう、ナレース」

それより、徒歩の者が心配だ。

騎馬を含めて全体のペースは落ちているものの、疲れが出て来ているだろう。

そう言うと、ナレースはもうすぐ野営地に着くと教えてくれた。

「聖女たちもそこで一度休むはずだ。荷物も減ってきているし、重傷者や歩けない人は、神官たちが馬の後ろに乗せている。彼らにも回復魔法はかけてあるし、完全回復すればまた歩けるようになるから心配ないよ」

「うん……」

前を見ると、乾いた大地の向こうに夕日が沈みかけていた。


小さな木がまばらに生える険《けわ》しい岩場の前で、聖女一行は野営することになった。

騎士たちは魔物が出ないかどうか、順に見回りを行《おこな》っている。

ミヤはナレースに用意された天幕で休ませてもらっていた。『人気』が高まっている今、その行動に反対する者は、モモたち以外誰もいなくなっている。

「あー、眠い。歩き疲れている上に今日も野営なんて無茶だっ！　本当なら、もうとっくに聖地に着いているはずなのに！　毎回夜中に見回りさせられるこっちの身にもなってほしいぜ！」

巡回中に天幕に戻って来たシェタは、ミヤの前で思い切り文句を言っていた。

隣では、ナレースも彼の愚痴《ぐち》に付き合っている。

「はいはい、頑張れ」

ミヤの夜食に毒消しのための回復魔法をかけつつ、ナレースは適当にシェタを宥《なだ》めた。彼も度重なる魔法の使用で疲れているのだ。

敷《し》物を敷いたり、食事を運んだりという細々とした仕事はミヤが引き受けた。

「ミヤ、生臭《なまぐさ》神官が冷たいんだけどー」

「うるさいよ、不良騎士」

なんだかんだ言いつつも、二人は笑い合っている。いつ見ても仲良しだ。

「シェタは食事を済ませたの？」

ミヤが聞くと、彼はゲッソリした顔で首を横に振った。

「いいや、まだだ。食べる暇がない」

その割に、服はちゃっかり綺麗なものに着替えている。おしゃれなのだろうか。

「じゃあ、ここで食べていけば？　すぐ食べられるものがあるから……」

「マジで？　ミヤは天使だな！」

身を乗り出したシェタは、用意した食事をものすごい勢いで食べ始めた。

「あれ、シェタ……右手を怪我しているわよ？」

彼の右手の甲には、一筋の小さな切り傷ができていた。血は乾いて、かさぶたになりかけている。

「仕事中にちょっとな。これくらいならすぐ治るから、わざわざ回復魔法をかけるまでもない」

それもそうかとミヤは納得した。小さな傷くらいで回復魔法を頼んでいたら、ナレースたちの負担が大きすぎる。

「それよりさ、ミヤは今回の巡礼《じゅんれい》が終わったらどうするんだ？」

「どうと言われても、まだ分からないわ。神殿に就職できそうだったらするけれど、反対されたら別の就職先を考えないといけないし」

「そっか。でも気をつけろよ。ここの奴らは、お前の力をあてにし始めている。下手をすれば、今後もこの国に縛られて利用されるぞ？」

空になった皿を置いた彼は、赤い目でミヤを見つめながら言った。

「できる限り、早く城から逃げた方がいい」

「う、うん」

彼の言う通りだ。

先ほども騎士たちに、何かあれば呼びに来ると言われてしまったのだ。彼らはミヤを戦力として数えている節《ふし》がある。

「じゃあ、俺はそろそろ行くわ。そうだ、新作の物語があれば、また読ませてくれよなっ！　前回の主人公がいびられるシーンは実感がこもってて、思わず笑っちゃったぜ」

「追加で書いたぶんは、城にあるけれど……それ、前々回の話よ？　前に続きを取りに来てたじゃない」

「あれ、そうだったか？　そういえばそんなこともあったような。最近忙しいからなあ。まあとにかく、楽しみにしてるぜ。じゃあ、夜食ありがとなっ！」

嵐のようなシェタに、ナレースと共に思わず噴《ふ》き出す。

彼だけは、どんな状況でもマイペースだった。


食事を終え、ミヤとナレースは小さな天幕に二人きりになってしまった。

周囲には神官たちの天幕もあるが、神官長は個室を与えられているのだ。

後片付けを終えたミヤは、改めてナレースにお礼を言った。

「今日は助けてくれてありがとう。あなたのおかげで死なずに済んだわ。本当に、なんと言えばいいか」

「気にしないで、当たり前のことだよ。僕はなんとしても君を助けたかった。もっと早い段階で動いていれば、あんなことにならなかったかもしれないのに」

「そんな……」

「その上、過酷な使用人の仕事を君に無給でさせてしまった。普通の世話役と聞いていたからまだ安心していたのに、ミヤがさせられている仕事を見てゾッとしたよ。この国の人々の、人気に左右される悪意に」

グレナードの国民は、人気のない相手に容赦《ようしゃ》がなく、そういう人に対しては何をやってもいいと思っている節《ふし》がある。

昨日のようにミヤを奴隷《どれい》扱いすることに、何も感じないのだ。むしろ、人気のない者に活躍の場を与えているのだから、良い行いだとさえ思っているかもしれない。

（この国に巣食う闇の正体は、聖地でも魔物でもなく、人気という文化だわ……）

先入観に囚《とら》われて物事の本質を見ない。気まぐれに変化する人気に踊らされ、深く考えることなく他人を攻撃する。

「ミヤ、ここから先は、神官長としての職務を逸脱《いつだつ》しても君を優先する」

「あなたに、そこまでさせるわけにはいかないわ」

「君のためでなく、僕がそうしたいんだ。僕なりに、少し思うところがあって。それに前回も今回も、目を離すと君は危険な目にばかり遭《あ》っている。ミヤが怪我をするのは耐えられない」

外で燃えている焚《た》き火《び》の明かりでちらちらと影が揺れる。

ナレースはそっと片手を伸ばしてミヤの頬に触れた。

「君がきっかけで、僕は自分の望みがなんなのか考えるようになった。いつも一生懸命で、まっすぐなミヤに影響されたのかも。ありがとう」

「えっと、私は何も……」

「それでも、僕は君に感謝しているよ」

薄暗い天幕の中、二人の距離がなんとなく縮まった気がした。

※　※　※

翌朝、準備を整えた一行は、聖地巡礼《じゅんれい》を再開した。

予定通りに進めば、今日中に到着できるという。

ミヤはこの日もナレースの馬に乗せてもらい、不機嫌なモモも同じく馬に乗って移動していた。

馬車は魔物に破壊されてしまったのだ。

しばらくナレースと話していると、南の聖地へ到着した。

中央の聖地と同じく古い神殿風の建物だが、こちらの内部には植物は生えておらず、代わりとでもいうように乾いた砂が大量に入り込んでいた。

ようやく目的地に着いたにもかかわらず、聖女は王子に甘えている最中のようだ。時折、シェタにも絡んでいる様子が見える。

(シェタも整った顔立ちだものね。やっぱり彼女は、美形が好きなのかしら)

アレク以外の王子たちも、性格は最悪だが顔は整っている。

とはいえ、彼らは今になってモモの過度な甘えに困惑しているようだ。

(彼女を増長させたのは自分たちだというのに……今更距離を置くのね)

仕事モードのシェタだけは、終始《しゅうし》モモに愛想よく接していた。彼女たっての希望により、傍《そば》に配置されたと聞いている。

階段を上《のぼ》っていくと、最上階に石碑が設置されていた。

少し、いやかなり土で汚れてしまっている。そのせいで、モモが触れる前に使用人が石碑をせっせと雑巾で掃除するという一幕もあった。

そうして、ようやくモモは石碑の前に立つ。

「じゃあ、浄化しますぅ！」

声のトーンから判断するに、少しだけ機嫌が戻ったようである。

ちなみに浄化にあたって、モモはまたヒゲ王子に我儘《わがまま》を言っていた。「一人じゃ不安だから支えてほしいの」という、よく分からない要求だ。

ヒゲ王子は応じていたが……さすがに我慢の限界が来たのか、彼女を支える手つきはやや投げやりに見えた。

それ以外にも露骨《ろこつ》な変化がある。

無条件に聖女を崇拝《すうはい》していた騎士や兵士、使用人たちの彼女を見る目が、確実に冷たくなっているように思えるのだ。彼らは冷笑を浮かべながら、聖女の行動を見物している。

「えーい！」

石碑の中央にモモが手を触れると、まばゆい光が辺りを包み、周囲の空気が澄《す》み渡った。

(よく分からないけれど、これが浄化の力なのね)

神々《こうごう》しいと言われれば、確かにそんな気もする。これは、聖女にしかできない仕事なのだ。

ラウラ教で神聖化されるのも、もっともかもしれない。

浄化が済めば、あとは帰るだけだ。一行は帰還用の魔法陣に順に足を踏み入れていく。

長い旅を終え、全員がゾンビのようにやつれていた。

（道中は悲惨だったけれど、浄化自体はあっけなかったわね）

こうして、中央の聖地巡礼《じゅんれい》は終わった。

その後は全員に休みの許可が出たので、ミヤは現在の私室であるナレースの部屋の物置へ向かう。

ミヤに新しい部屋をという要望が騎士たちを中心に出たらしいが、それは辞退した。

色々ありすぎたため、城の人間……特に王子たちを信用できない。ナレースの部屋の一部を間借りしている方が安全だ。


二度目の聖地巡礼《じゅんれい》から数日後、王宮内の様子は少しずつ変わっていった。

聖女モモが、周囲から明らかに孤立し始めているのだ。その変化は、旅の後半よりもさらに顕著になっていた。

あれだけ密着していた王子たちも、今や露骨《ろこつ》に彼女と距離を置いている。

もはや、王宮内に彼女の味方は、ほとんどいなくなっていた。


ところが聖女本人は、そのことにまだ気づいていない。

（それとも気づいているけれど、認めたくないだけかしら）

何があったのか、兄弟仲の良かった三馬鹿王子も互いにいがみ合い、ギクシャクしている様子である。

城の上層部の雰囲気は、とても険悪だ。とはいえ……

（もう、私には関係ないわね。この先、彼らと関わることもないでしょうし）

ミヤがそんなことを思っていると、白い封筒を持ったナレースが駆《か》け寄って来た。

「ミヤ、神殿本部から返事が来たよ」

ついに神殿本部から、ミヤの就職に関する返事が送られて来たのだ。

「君の保護と就職に関する返事。条件付きで受け入れてくれるそうだ。でも、その条件が割と酷《ひど》い」

「神殿側は、なんと言っているの？」

「北の聖地の巡礼《じゅんれい》を成功させるように、だってさ」

思わず無言になってしまう。

（受け入れてもらえるのはありがたいけど、また聖地巡礼《じゅんれい》に行かなきゃならないの!?）

死にそうな目に遭《あ》うのは、もうこりごりだというのに。

「聖女にしても異世界人にしても、聖地巡礼《じゅんれい》を成功させた者しか受け入れないというのが、神殿の方針みたいだね」

「……言いたいことは分かるけど」

聖地を浄化して世界を救う聖女を信仰するのが、ラウラ教だ。

世界を救っていない聖女や、それに準ずる者をただ受け入れるわけにはいかないのだろう。

（どうしようかしらね）

ナレースも困っている。ミヤの中にも、迷いが生じていた。

「ミヤ、無理はしなくていい。この話は辞退しよう。僕も他に安全な就職先を探してみるし。ミヤは、僕が一生養《やしな》ってみせる！」

「いやいや、養《やしな》うって……ナレースにそこまで甘えられないわよ」

そんな会話をしていると、またしてもシェタがやって来た。

「どうしたんだ？　ミヤの就職がうまくいかなかったのか？」

「なんで、そのことを？」

驚くミヤに、シェタが笑いかける。

「神殿からの使者が手紙を持って来たのが見えたんだ。その後で今みたいな会話をしていれば、なんとなく分かるさ。ナレースがミヤを養《やしな》う……という前後しか聞けなかったけれど」

真っ赤になるミヤと対照的に、ナレースは堂々としている。

「ミヤ、就職に困っているのなら、俺のところに来ないか？」

そう言って、シェタは自身を指さした。

「シェタのところ？」

「前にも言ったように、俺の故郷サウスロードなら、ミヤを歓迎すると思う。もちろん俺だって、ミヤを一生養《やしな》えるぞ！　保護だってしてやれる。そんだけ強ければ、必要ないかもしれないけどな！」

グイグイ迫ってくるシェタに、ミヤは驚く。と、二人の間に、ナレースが体を割り込ませた。

「いいや、ミヤは僕が守るし養《やしな》う」

「ええー？　俺も養《やしな》いたいし！」

「……二人の気持ちはありがたいけど、私は自分で働くつもりよ？」

三者三様の意見が出たところで、プッチーを抱えた第三王子アレクもやって来た。

「ミヤさん、プッチーを返しに来ました」

巡礼《じゅんれい》から帰った後も、彼は以前と同様にプッチーを構いたがるのだ。プッチーもアレクに懐《なつ》いたようで、今も、彼の頬をペロペロと舐《な》めていた。

「さて、どうしようかしらね。北の聖地に同行して神殿に就職するか、同行は断って別の道を探すか」

「いずれにせよ、僕はミヤが出した答えを尊重するよ。それに南の聖地から帰って、僕なりに思うところもあるんだ」

ナレースの言葉に、アレクが横から口を挟む。

「この先のことになりますが、ミヤさんは聖女と一緒にいない方がいいと思います。同じ世界の出身ですが、彼女はあなたを敵視しているし、また理不尽な言いがかりをつけてくるかもしれません」

プッチーを撫《な》でるシェタも同意した。

「俺も同感だ。聖地巡礼《じゅんれい》の時もそうだったしな。あんなことがしょっちゅうあるんじゃ困るだろ」

確かに彼らの言う通りだ。けれど……

「それなら、二人に養《やしな》ってもらう選択肢はなくなったわね。あの子は神殿へ行かずに城に留まりたいと言っている。もし、それが実現すれば、この城で働いている二人の傍《そば》にいるのは危険でしょう？」

そう言うと、二人が揃《そろ》って反論してきた。

「なら、俺は仕事を辞めるぞ！　ミヤを連れて故郷に帰る！」

シェタが拳《こぶし》を上げて宣言すると、彼の言葉を聞いたナレースが、何かを決意するような真剣な表情で口を開いた。

「それなら、僕も……僕だって神官を辞める！　回復魔法の使い手として、医療方面の仕事で生きていく！」

「お、よく言ったぞ、ナレース！　ミヤは渡さないけどな！」

ミヤが迷っている間にも、二人の言い合いは徐々に白熱していく。

(とりあえず、二人に仕事を辞めさせるわけにはいかないわよね!?　彼らの職を奪うような真似《まね》をしちゃいけないわ！　二人とも、神官長や騎士という素晴らしい地位を手にしているのだから。うん、北の聖地行きを検討してみよう)

そんなことを考えていたミヤは、ふとシェタの右手の甲にある傷が消えていることに気がついた。

(あら、もう治ったのね。それともああ言っていたけど、やっぱり、誰かに回復魔法をかけてもらったのかも)

そう思ったミヤは、約束通り彼に小説の続きを差し出した。

「ん？　これは……？」

「前に言っていた小説の続きよ。南の聖地巡礼《じゅんれい》の時に、読みたいと言っていたでしょう？」

「そんなこと言ったっけなぁ？　……あ、ああ！　言ったかも、借りていくぜ！　ありがとな！」

妙に焦った様子のシェタは、ミヤから小説を受け取ると、そそくさと部屋を後にした。

シェタやアレクが帰った後、ミヤは小説の続きを書きながら、今後の身の振り方について悩んでいた。

だが心の底では、何が一番良い選択なのか分かっている。

「やっぱり北の聖地へ行った方がいいわよね……」

モモのことはさておき、身一つで神殿に就職すれば、誰の迷惑にもならずに済む。

『空気』は、他人様《ひとさま》の迷惑になる行動を極力慎《つつし》む生き物なのだ。

第5章　北の聖地と聖女の望み

ミヤは、北の聖地へ行くことを決意した。

ナレースは反対したが、ミヤは彼に迷惑をかけたくないのだ。

彼の厚意に甘えっぱなしではいけない。

意見を曲げないミヤに対し、ついにナレースの方が折れ、北の聖地についての情報を教えてくれる。

「北は今までで一番厳しい土地だよ」

王宮内の神殿で、祈りを捧《ささ》げ終わったナレースはそう言った。

「全ての聖地巡礼《じゅんれい》が終わった後、君の身柄は神殿に預けられ、通例なら聖女も同じく神殿へ送られる」

傍《そば》で暮らすことになるのは不安だが、モモにとってもこの城にいるより神殿へ送られた方がいいように思えた。

何しろ今の彼女は、分かりやすく孤立しているのだから。

(ヤケになって危険なことをやらかさないか心配だけど、南の聖地で懲《こ》りたわよね？　それよりも今は、国王とアレク殿下以外の王子たちの動きの方が不安だわ)

彼らは、異世界人であるミヤとモモのことを、同じ人間だと思っていない。

都合のいい道具か何かだとでも認識しているのだろう。

「もとより、国王や王子は君を北の聖地へ連れて行きたがっているよ。南の旅に同行した騎士や使用人からも、『守護者を城の外に出すのは、まだ時期尚早《しょうそう》だ』という意見が出ている。君の活躍を目の当たりにしたことで、戦力として欲しいと思ったのだろうね」

シェタが以前懸念《けねん》していたことが、現実になってしまったようだ。

散々ミヤを無視し、嫌がらせまでしてきたくせに、今や正反対の態度をとる周囲。人気とは、常に変動する恐れのある不確かなものなのだ。

(そんなものに本気で左右されるなんて……不思議だわ)

「ここまでしてくれて、ナレースには頭が上がらないわね。あなたがいてくれて、本当に良かった」

北の聖地巡礼《じゅんれい》が終われば、彼とはお別れだ。

そこでミヤは、ようやく自分の想いに気がついた。けれど、今更どうしようもない。

（ナレースと離れるのは辛いけれど、きっと一時的なもの……のはず）

空気の立ち位置は、ナレースのような素敵な人の隣ではないし、自分の想いを優先して彼の将来を潰《つぶ》してしまうのは絶対にダメだ。

「ミヤは一人で生きていく覚悟をしているんだよね？」

ナレースには、ミヤの考えなどお見通しのようだった。

「ごめんなさい。私は……」

「でもそういうの、逆効果だから。愛着が湧《わ》きすぎて、自分でももうどうにもならないんだ。ミヤがそう言うなら、僕の方も好きにさせてもらうからね」

続けてナレースは、何か言いたげにミヤを見た。

「……どうしたの？」

「僕は、ミヤを大切に思っている」

「ええと。私も、あなたのことを大事に思っているわよ？」

「じゃなくて！」

萌黄色《もえぎいろ》の瞳を気まずげにゆらゆら揺らしつつ、ナレースは深呼吸をした。

「い、今更こんなことを言うのは恥ずかしいけれど。僕は、君を愛しているんだ。大切に思っているというのは、そういう意味」

ミヤは思わず、まじまじとナレースを見てしまった。

「い、いつから？」

「……かなり前から。やっぱり、気づいてなかったか」

思い返せば、彼のスキンシップは確かに過剰《かじょう》だったように思う。

(でも、どうして？　私なんて地味だし、三十路《みそじ》の手前よ？)

ナレースが自分などを気に入ってくれた理由が分からない。

ミヤは困惑しつつ、ナレースの萌黄色《もえぎいろ》の瞳を見つめる。

美形の神官長は全てを理解しているかのような微笑を浮かべ、ミヤの内心の問いに答えた。

「聖女に言われたことを気にしているの？　ミヤは充分素敵なのに」

「でも……」

「それに年齢なら僕の方が一つ上だ。君がオバサンなら、僕は立派なオジサンってことになる。なかなかお似合いな二人だと思わない？」

ナレースの言い草に、思わず噴き出してしまう。

「ぜんぜん、らしくないオジサンだわ」

自分の想いを打ち明けたナレースだったが、その後ミヤの返答を促《うなが》すことはなかった。

ホッとすると同時に、どこか物足りなさを感じてしまう。

(これでいいはずなのに)

ミヤへ手を伸ばすナレースを、戸惑いながらも拒《こば》めない。

いつの間にか、ナレースの存在が、かけがえのないものになっていた。

お世話になっていることによる依存かとも思ったが、そうではない。一人の人間として、彼を好ましいと思うのだ。

（だからこそ、私は身を引くべきなのに）

けれどそう考えるたびに、胸が締め付けられるような悲しみに襲われる。

（ああ、私も彼が好き。愛着が湧《わ》いているどころじゃなく、本気でナレースのことが……）

しかしミヤは、自分の気持ちを彼に告げられなかった。

※　※　※

広い謁見室《えっけんしつ》には、軟禁状態から解放された国王と彼の息子たちが揃《そろ》っていた。

守護者をどう扱うべきかの判断でヒゲ王子ともめていたらしいが、ようやく解放されたようだ。

まるで最初から対立などしていなかったとでもいうように、彼らは仲良く並んでいる。

第三王子のアレクだけが、少し気まずそうな表情でミヤを見つめていた。

彼らの前に立つミヤの足元には、ご機嫌なプッチーがいる。留守番を嫌がったため、仕方なく連れて来たのだ。

「来たか、守護者よ」

守護者などいないと言っていたくせに、国王はやけに重々しい口調でミヤの職業を口にした。

彼らと会うたびに、微妙な気分にさせられる。

（そして彼らと会って、無理難題をふっかけられなかったことがない！）

そうして今回も、彼らの要求は予想通りのものだった。

「守護者には北の聖地巡礼《じゅんれい》に参加してほしい。これで最後だ。聖地巡礼《じゅんれい》が終わったら、そなたを解放する」

「南の聖地巡礼《じゅんれい》で、私はすでに自由になったはずなんですけど……？」

(どうせ行かなければならなかったけれど、こう言われると反発したくなるわね)

しかし、やはりお構いなしに国王は言葉を続ける。

「守護者がいなければ、聖女は聖地に辿《たど》り着けない。どうか、役目を果たしてほしいのだ」

「役目と言われましても」

(というか、いつの間に私まで『役目』が設定されているの!?　それは聖女の『浄化』だけでしょう！)

まったくもって、意味不明である。

(私を排除しようと散々危険にさらして、守護者に関することも黙っていたくせに)

ミヤの心の中では、嵐が吹き荒れていた。

王は強《したた》かだ。低姿勢だが、主張は絶対に曲げない。

「……過去のことに関しては、申し開きもできない。だが聖地は、我々にとって何よりも重要な場所なのだ」

ミヤ自身は、聖地巡礼《じゅんれい》が成功しようが失敗しようが、どうでもいいのだ。

いい加減グレナード王国自体に嫌気が差していることもあるし、中央の聖地だって、最初から大勢の兵を出していれば無事に魔物の群《む》れを対処できたかもしれない。

南の聖地も、聖女の要求を無視すれば被害は最小限に防げたかもしれないのだ。

それをしなかったのは、見通しの甘いグレナード王国側の落ち度であり、ミヤには関係のないことだ。

「頼んだぞ、守護者よ」

承諾の返事をするまで、彼らはミヤを解放する気はなさそうだ。

「今年は、例年に比べて魔物の数が多い。歴代聖女の聖地巡礼《じゅんれい》で、毎回こんなにも強力な魔物に襲われる例はなかった。なんとしても、浄化を完遂《かんすい》しなければならない」

そんなことを言われても、知ったことではない。

（中央の聖地に魔物が大量発生していたのは、建物の管理を怠《おこた》って長年放置していたからだし。南の聖地で魔物が出たのは、薔薇《ばら》のお香を焚《た》いてわざわざ呼び寄せていたからだしー！）

全部あんたらのせいだと言いたい。

「我々が文献から導き出した仮説だが、守護者が聖女と共に召喚される時には条件があるのではないかと思う。それは、聖女が戦闘系のステータスを持っていないことだ。だから我々としては、こうして守護者に頼むしかないのだ。守護者の加護とは自分の身を犠牲にしてでも他者を守るという目的を完遂するものであろう？」

今回、彼らは人質を取らなかった。命令もしなかった。ただ、助けてほしいと言っているだけだ。

それも作戦のうちなのだろうが、なんとも言えない居心地の悪さを感じる。

「北の聖地は、気候の厳しい場所だが、魔法陣からの距離は南より近く、魔物の出る確率も低い。頼む、失敗すれば国が滅んでしまうのだ。我々は、こうしてあなたに縋《すが》るしかない……どうか、この国を救ってほしい」

続けて王は、北の聖地へ向かうメンバーをミヤに告げた。

騎士のシェタや、神官長ナレースも、その中に含まれている。

王曰《いわ》く、前回のような無駄な大所帯ではなく、メンバーを厳選しているらしい。

(本来なら、私が聖地巡礼《じゅんれい》に参加する義理はないけれど)

こうして散々ごねているものの、神殿に就職したいミヤは、北の聖地巡礼《じゅんれい》を断れない。

(これで最後、最後だから)

こうして、ミヤは聖地巡礼《じゅんれい》を引き受けた。

……引き受けざるを得なかった。


北の聖地巡礼《じゅんれい》へは、騎士と兵士たちのみが同行することが決まった。

戦闘のできない使用人は行くべきではないし、食事などの準備も兵士なら普段の訓練で作り慣れているから……ということが理由だが、これはミヤやナレースが「非戦闘員は同行するべきでない」と主張した結果である。

(モモは我儘《わがまま》を言う相手が減って不満だろうけど、生粋のお嬢様ってわけでもなさそうだし、普通の日本人なら、ある程度のことは自分でできるよね)

アレクとプッチーも一緒だ。ちなみにプッチーは、一匹だけ城に置いておくのも心配だったので連れて来た。

アレクを除く三人の王子は、現在仲違《なかたが》いをしている。使用人たちの噂では、モモ絡みで喧嘩《けんか》をしたらしい。

モモが王子たちに三又《さんまた》をかけていたのが、南の聖地へ行く直前でそれぞれの王子たちにバレてしまったのだとか。

(三人とも、「聖女は自分と両想いだ」と言って譲らず、良好だった兄弟仲が険悪になっているらしいけれど)

口では聖女を好きではないと言いつつ、ヒゲ王子もどうやら本気になっていたようだ。

結局、悪いのはモモだということになり、王子たちは彼女と距離を置いた。

それでも兄弟の不仲は続き、現在もギクシャクした関係が続いているとのこと。

(異世界人の平民は結婚相手として対象外みたいなことを言いつつ、しっかり本気でモモに惚《ほ》れて、骨抜きにされていたのね……四人中三人もの王子が)

ミヤはモモに夢中になる王子たちを思い浮かべ、なんとも言えない複雑な気分になった。

前回よりも少ない人数で、北の聖地へ飛ぶ魔法陣に足を踏み入れる。

北の地は大変寒いので、全員が防寒のためにコートを着ていた。

ミヤやナレースは神官たちが使うシンプルなボタン付きコートを、モモは特別に用意されたであろう、モコモコしたフード付きの可愛らしいコートを身につけている。

手袋やマフラー、ブーツも全員に支給された。

「ミヤ……君が、率先して前線に出る必要はないんだよ」

心配そうにこちらを見るナレースに、思わず心が温まる。

前回力を発揮したことで、ミヤは今回も戦力として周囲からあてにされるだろう。

(北の聖地でも、気を抜けないわね)

手袋をはめた手をぎゅっと握り、呼吸を整える。

ナレースの手が、そっとミヤの拳《こぶし》を包み込んだ。手をつないだ状態で、転移の魔法陣を踏む。

周囲が白く光ったと感じた瞬間、ミヤとナレースは真っ白な雪原に移動していた。

空からは雪がひっきりなしに降り注ぎ、体温を奪う。息は白く、鼻も冷たい。

「寒さは大丈夫？　足元に気をつけて」

「ええ、ありがとう」

全員が転移するまで、少し離れた場所で待機していると、トナカイや犬、数種類のソリが次々と転移して来た。

どうやら、今回の移動に使う乗り物らしい。

雪で、馬が使えない代わりだろう。

「それにしても、トナカイなんてよく揃《そろ》えられたわね。城周辺は寒くないけれど、グレナードには普通にトナカイが生息しているのかしら？」

目を丸くするミヤに向かって、ナレースが微笑んだ。告白されてからというもの、彼の笑顔は日に日に溶けるように優しいものに変わっている気がする。

「アレク殿下のコレクションだよ。あの人、様々な生き物を飼育しているから。独自で動物の研究も行っていて、牧場も持っているんだよ」

「よく貸し出してくれたわね」

「……貸し出すというか、無理やり取り上げられたんじゃない？」

「そうなの!?」

相変わらず、不憫《ふびん》なアレクだった。

けれど彼のトナカイのおかげで、多くの人が助かるのも事実。雪に覆《おお》われた道を歩くのは、非常に困難なのだ。

騎士たちが協力し、トナカイと犬のソリがすぐに完成した。

聖女や王子はトナカイのソリに、騎士たちは犬ゾリに乗る。

「守護者様、耳当てをお使いください。それから、温かい飲み物を……」

南でも一緒だった騎士たちはミヤに友好的だった。また複雑な思いに駆《か》られつつ、素直に礼を言ってそれらを受け取る。

しかし、それを横目でジロリと見ている人間がいた——モモである。

魔法陣から転移して、真っ白な雪原を進み始めた直後から、聖女の不満は爆発している。

「ちょっと、なんで私の世話係がいないのかなあ？　どうして国王は勝手に同行メンバーを決めているの？　困っちゃうんですけどぉ」

　今も彼女は、近くを併走する騎士に絡んでいた。

（説明する兵士が不憫《ふびん》！）

　そう思い様子を窺《うかが》っていたら、モモと目が合ってしまった。

「あ、なんだ。世話係がいるじゃないの。アイツに温かい上着とか、飲み物を持って来させてくれないかなぁ。このコートだけじゃ寒すぎるの」

　もはやモモは、ミヤをアイツ呼ばわりしている。

　絡まれた騎士は、顔色を悪くしながら無言で前方へと逃げた。今の命令をなかったことにしたようだ。犬ゾリがスピードを上げ、聖女のソリを引き離して進んで行く。

　騎士たちも、ヒヤヒヤした表情で遠巻きに様子を窺《うかが》っていた。

（絡まれたくないんだろうな）

　もちろんミヤも、聖女の召使いに戻る気はないので、聞こえないふりをして少し離れた場所に移動した。同情で声をかけたところで、今の彼女にはきっと拒否される。

（そして、雑用を命令されそう）

　今回は、もしもの時の戦闘員——守護者として同行しているのであって、聖女のご機嫌取りに来たわけではない。

　人質もいないので、モモの命令に従わなくても困ることはないのだ。

「うう、寒いよぉ。あったかくして？」

ミヤに逃げられたので、今度は王子たちを頼り出したのだろう。モモの高く甘ったるい声が響く。

しんしんと降りしきる雪のせいで全員口数は少なく、雪の中を進むソリの音がするだけだ。

北の気候はミヤの知る日本の冬よりも寒く、吐く息が白い。

どこまで行っても地面は白銀《はくぎん》に覆《おお》われており、時折強い風が雪を舞い上げて行く手を遮《さえぎ》った。

ソリでの旅は前回より格段に楽だが、この寒さだけは、如何《いかん》ともしがたい。

そんな環境下で、モモはまだいじけていた。どうやら王子に茶の用意をさせようとして、拒否されたようだ。

（怖いもの知らずすぎる……）

不機嫌さを猛アピールする彼女だが、周囲からは綺麗に無視されており、怒った声だけがいつまでも辺りに聞こえていた。

人気のなくなった人間に対し、周囲は冷たい。

「ねえ、シェタ。皆が酷《ひど》いよう」

たまたま近くを通りかかったシェタに向かって、モモが甘えた声を出す。

「あー、大変だなあ、聖女様も」

「えへへ、分かってくれる？」

「うんうん。分かる分かる」

気の良いシェタは、聖女に同意した……が、適当に相槌《あいづち》を打っているのが丸分かりだ。

しかしモモは、唯一親切なシェタに懐《なつ》いているらしい。

（そういえば……）

ミヤが孤立していた時も、シェタは親切だった。

（良い人なんだよね）

彼の態度が、眩《まぶ》しく見えるミヤだった。

モモの周囲を王子とシェタたち騎士が固め、ミヤはナレースと一緒に行動している。

運の良いことに魔物が出て来る気配はなく、寒さのためか無駄な休憩もない。

皆、一刻も早く用事を済ませて帰りたいという気持ちが行動に表れている。

その甲斐《かい》あって、予定通りその日のうちに神殿に辿《たど》り着くことができたのだった。


北の聖地は氷に覆《おお》われた建物だった。かろうじて凍り付いていない入り口を開けると、中は巨大な冷凍庫のようにひんやりしている。

草も砂も侵入していない、今までで一番綺麗な場所だ。

そっと歩を進めると、中央に氷のように透き通った石碑が置かれていた。

（これで、いよいよ最後なのね）

ミヤは、静かに息を呑んだ。

思えば理不尽続きだったが、ナレースやシェタ、アレクとの友情など、得たものも多い。

（悪いことばかりではないと思えるのも、これで全てが終わるからなのだけれど）

トナカイの引くソリから、モコモコ仕様の聖女モモが降りてきた。

彼女の手は、シェタが引いている。

「まったく、皆は酷《ひど》いよねえ。私、悲しいわ」

王子たちは何も言わずに、文句を言うモモを見送った。彼女は石碑に向かってゆっくりと歩いて行く。

全員が、固唾《かたず》を呑んで浄化の瞬間を待っていた。

足を止めたモモが、石碑に向かって手を掲《かか》げ、誰もが安堵《あんど》したその瞬間……

「やっぱ、浄化するのやーめた♪」

という言葉と共に、甲高《かんだか》い笑い声が聖地に響いた。

困惑する周囲に向かって、彼女は大きな声で告げる。

「私絶対に、この場所を浄化なんてしてあげない！　これも全部、あなたたちのせいだからね！」

（えぇっ……？）

突然の仰天発言に、全員の視線がモモに集中した。

誰も、この期《ご》に及んで浄化を拒否されるなんて思っていなかったのだ。

困惑顔のヒゲ王子が、モモを宥《なだ》めようと頼み込む。

「何を言っているんだ。これで聖地巡礼《じゅんれい》が終わるのだから、早く浄化してくれ。全員、寒さで参っているんだぞ？」

「今更そんなこと言われてもぉ……あなたたちは、私にきちんと接してくれないしぃ？　ここを浄化した後私は神殿送りにされるって聞いてるしぃ？　役目を果たしたところで、メリットがないと言うかぁ」

「は……？」

思わず、ヒゲ王子が間の抜けた声を上げた。

「だって、褒賞《ほうしょう》も出ないのでしょう？　玉の輿《こし》にも乗れないでしょう？　使うだけ使い倒して、最後は神殿に厄介《やっかい》払いするつもりなんでしょう？　そんな人たちのために、なんで私が自分を犠牲にしてまで聖地を浄化してやらなきゃならないのよ！」

「もっともな言葉だけど、なんで今になってそれを言うのー!?」

思わず、ミヤは叫んでしまった。

目立ちたくはなかったが、言わずにはいられない。

「召喚されたばかりの頃にそれを言ってくれたら、どんなに助かったか……！」

「はあ？　何を言ってるの、オバサン。いつ何を言おうが私の勝手でしょ？　それにね、いいことを聞いちゃったの！」

モモはわざとらしくウィンクしながら口を開いた。

「浄化を終わらせなければ、南の国の偉い人が私を受け入れてくれて、お姫様扱いしてもらえるんだって。聞いた話じゃ、このまま浄化しないとグレナード王国には百年くらい魔物が溢《あふ》れるみたいだけど……そんなの、みんなでお引っ越しすればいいだけだよね？」

言葉も出ないヒゲ王子の代わりに、長髪王子が口を挟む。

「でも、聖女は聖地を浄化するのが役目で……！」

「でーもー。そんなの、私に関係ないしぃ？　むしろ、私にこんな扱いをする国、滅べばいいし？」

（それについては、まったく同感）

勝手に呼び出され、このグレナード王国に腹を立てていたのはミヤも同じだ。

早くこの国から出たいという思いは、きっと彼女より強い。

（とはいえ神殿行きの話を抜きにしても、今は浄化を実行してくれた方が助かるわ）

寒さで皆疲弊《ひへい》しているし、このままでは体調を崩す者も出て来そうだ。

王子たち以外のメンバーも、「また我儘《わがまま》を言いやがって」と、聖女を睨《にら》んでいる者が多数である。

現状を打開しようと、ミヤは慌ててモモに質問した。

「なんで南の国に行くなんて言い出したの？　唐突すぎない？」

そう叫んだ途端、モモの隣でシェタが立ち上がった。と、モモが彼に擦《す》り寄る。

「シェタ⁉」

彼に腕を絡めたモモは、意地の悪い笑みを浮かべた。

「こんな国よりも、南の国の方が待遇良さそう。私、サウスロードの味方になるから！」

サウスロードという名前には聞き覚えがあった。それは、グレナードの南西にあるシェタの故郷だ。驚いて彼らを見つめると、おもむろにシェタが口を開く。

「……って聖女様が言っているし、仕方がないよな？　これはグレナード王国の失態だ」

シェタがそう言うと同時に、数人の騎士がザッと彼の周囲に集まった。

彼らはシェタの味方のようだ。本来仲間であるはずのグレナードの騎士たちに刃《やいば》を向け、完全に

敵対する構えを見せている。

「……シェタ？　どういうことなの⁉」

シェタはミヤに見向きもしない。仲の良かった彼が、急に遠い存在になったかのように思えた。

(最初からそのつもりで、シェタは聖女に近づいたの？　なんのために、あの子をそそのかしているの？)

シェタに友情を感じていたミヤは、大きな衝撃を受けた。ナレースも思わぬ裏切りに驚きすぎて、声も出ない様子だ。

「さっさと行きましょうよ、シェタ。もうこんなところに用はないわ」

「そうだな。じゃあ、行くか」

こんな場面だと言うのに、シェタの口調は軽い。

騎士たちに合図をするように右腕を上げるシェタの手に、ミヤはふと違和感を覚えた。

(傷が戻っている？　……なんで？)

彼の手には、南の聖地でついたであろう、一筋の切り傷が残っていた。

困惑するミヤに気づかず、シェタは話を進めていく。

「聖女様は、俺たちと来たいんだってさ。というわけで、ここでお別れだ」

彼の手のひらに光が灯《とも》り、魔法陣が浮かび上がる。

唖然《あぜん》とするグレナード側の中、ヒゲ王子が一歩進み出て彼らに向かって叫んだ。

「ここから、どうやって逃げおおせる気だ？」

「もちろん転移魔法だよ？　魔法陣ほど遠くへは飛べないけど、数回使えば国境は越えられる」

それを聞いてギョッとしたミヤは、シェタのステータスを覗《のぞ》いてみた。

今の今まですっかり忘れていたが、最初に見ようとした時以来、タイミングが合わず調べられないままになっていたのだ。

〈ステータス〉
種族：人間
名前：シェタ※※
年齢：二※歳
職業：※※※（解読不能）
能力：※※魔法・看破《かんぱ》無効（ステータス看破《かんぱ》を防ぐ）
加護：なし
人気：※

「何、これ……」

名前と職業、能力の一部がバグのように文字化けしていて見られない。

（看破《かんぱ》無効の能力のせい……？）

能力欄で『※※』となっている部分は、彼が今言った転移魔法が入るのだろう。

彼を信頼し、ステータスの確認を失念していたことが悔やまれる。

「ナレース、シェタは、何者なのかしら」

「サウスロード国出身と聞いていたけど、詳しくは分からない。僕はてっきり、普通の騎士だと思っていた……」

「とにかく、このままシェタに転移されるのはまずいわよね」

同じように感じた者が多かったらしく、皆一斉にシェタとモモを引き離しにかかる。

しかしその時、なぜか神殿内に突如魔物が二体現れ、こちらとモモたちとの間を遮《さえぎ》った。

真っ白で巨大な猿型の魔物だ。

「なんで、こんな狙ったようなタイミングで!?」

狭い建物の中で二体もの魔物の相手をするのは厳しい。焦るミヤに、少し落ち着きを取り戻したナレースが解説した。

「普通の魔法と違って、転移魔法は発動するまでに少し時間がかかるんだ。それまでにシェタと聖女を引き離せばなんとかなってしまうから……」

「それを見越して、シェタが時間稼ぎのために魔物を呼んだということ？　なんで……」

混乱していると、ナレースが苦い顔で言った。

「サウスロードは、グレナード王国と敵対する気なのかもしれない。シェタはそのための間者だったんだろう」

「そんな物騒な！」

しかし考えてみれば、ナレースの意見は正しい。

モモに聖地の浄化をさせなければ、グレナードは勝手に衰退するのだ。外交上、それを狙う国があってもおかしくはない。

（とはいえ、聖地巡礼《じゅんれい》に失敗して荒れた国土から何が得られるのかは分からないけれどきっと、ミヤには思いつかないような理由があるのだろう。

ジリジリと魔物との距離を詰めつつ、ミヤとナレースは前へ進む。

ナレースは下がるように言ってきたけれど、ミヤはそれを断った。

離れた場所で騎士の誰かが、「あれはラージイエティだ」と声を漏《も》らすのが聞こえる。どうやら有名な魔物らしい。

「南の聖地巡礼《じゅんれい》の時、聖女が孤立するように騎士たちを扇動《せんどう》していたのは、彼だったのかもね。今から考えると、いくらなんでも周囲の変わり身が早すぎた」

「そして自分は、孤独なモモに取り入ったの？」

今のモモはシェタだけを信頼し、彼に依存しているように見える。

「でも、聖地巡礼《じゅんれい》の妨害が目的なら、わざわざ取り入る必要はないんじゃ……」

「そこで問題となるのが、ミヤの――守護者の加護の存在だ。単純に考えて、ミヤの力は騎士が束《たば》になったより強力だよ。君は聖女と仲が悪いとはいえ、南の聖地では彼女のために体を張ったよね？　あれを見て、君と聖女のどちらにも敵対しない方法を考えたんだろう」

「そうなのね……。私と仲良くしてくれたのは、てっきり親切心からだと思っていたわ」

モモと同様に、ミヤもおめでたい思考回路を持っていたらしい。だから、彼を疑いもしなかった。今この時まで……

「とにかく、シェタたちが転移するまでに魔物を倒すか横を抜けて、二人を引き離そう。でないと、聖地巡礼《じゅんれい》は失敗だ」

「そ、そうね！　でも、シェタにも何か事情があるのかもしれないわ。急にこんなことをするなんて」

「そうかもしれない。けれど現状では、話を聞くのも難しい」

そんな会話を交《か》わしていると、ヒゲ王子が後ろで叫んだ。

「何を悠長に話している！　ここでみすみす聖女を逃《のが》せば、どうなると思う？　行き場をなくしたグレナード国民の感情は、『人気』の低下という形でお前たちに降りかかるだろう！　無論、俺たち王族にもだ！　早く行け！」

聖地巡礼《じゅんれい》が失敗すれば、グレナードの民は次に聖女召喚の周期が訪れる百年後まで、魔物に怯《おび》えて過ごさなければならない。難民も多く出るだろう。

加えて、ミヤの神殿行きの話もなくなってしまう。

(あの子の幸せとみんなの幸せ、両立できる方法はないものかしら)

しかし、そこで魔物が攻撃を仕掛けてきたことで、ミヤの思考は中断した。

(お願い動いて、私の体……！　私はここで死にたくないし、他の人も守らなければいけないのよ！)

ミヤは、守護者の能力が発動するよう念じてみた。すると思いが通じたのか、体が勝手に動き始める。

左右に分かれて飛んだミヤとナレースは、ラージイエティの攻撃を躱《かわ》した。

ナレースが魔法を放とうとする姿が見えたので、ミヤは魔物の一体と対峙《たいじ》し時間を稼ぐ。今回は武器が支給されていたため、手の中には剣があった。

（今はとりあえず魔物をなんとかしなきゃ！　それにしても、シェタが自由に魔物を呼び出したり、言うことを聞かせたりできたなんて……）

騎士や兵士ももう一体の方から正面突破を試《こころ》みているが、魔物は手足を器用に使って相手を撥《は》ね飛ばしている。攻撃というより聖女を取り返そうと動く人間を巧みに防ぐ様子から見て、うまくしつけられているようだ。

そんな中で、モモは目を爛々《らんらん》と輝かせ、笑い続けている。

「ここを私のための世界にしたかった……いいえ、するのよ！」

熱に浮かされたように独り言を口にする彼女は、正気には見えない。

「私を攻撃する人間は、みんないなくなっちゃえばいい！　あなたたちなんて、どうでもいいわ。私には、シェタがいるもの」

その言葉に、全員が混乱した。

「誰があなたを攻撃したって言うの!?」

ミヤが大声で尋ねた言葉も、モモには聞こえていないようだ。

「あはは、他人に残酷に扱われた人間は、同じだけ残酷になれるものなのよ。私の居場所は、ここじゃない。ずっとずっと、子供の頃から皆が私を無視してきた。だあれも、私の心配なんてしてくれないし、知らんぷりするの。心の中で厄介《やっかい》がっているのも知っていたわ」

熱に浮かされたように、モモは喋《しゃべ》り続ける。

「大学に入って、やっと私を受け入れてくれる場所が見つかった。そこを守るために、私は必死だったのよ……なのに、急にこの世界に呼ばれてそれもリセット。だからこの世界でも居心地の良い場所を確保して幸せに生き延びようと思っていたのに、実際は命がけで仕事をさせられて、終われば神殿に廃棄だなんて、私がそれを受け入れるとあなたたち、本気で思っていたの？」

転移の魔法が完成するまでまだ時間がかかるのだろう。モモの話は止まらない。

「目の前であなたたちが傷ついても、私には無関係だし、なんとも思わないし？　むしろさっさと滅べよ、こんな国。……あーあ、王子と結婚して王妃になって、ずっと大事にされたかったのに。結局三人とも、そんな約束してくれないんだもん！　愛妾《あいしょう》って何よ。聖女なのに、日陰の存在になれだなんて笑わせないでよ！」

心の中に渦巻《うずま》くイライラを発散させるためか、ついにモモは王子との間にあった個人的な話まで暴露《ばくろ》し始めた。耳を覆《おお》いたくなるような内容である。

「結婚をほのめかしたら、途端に逃げ腰になって……！　卑怯者、嘘つき！　南の聖地でだって、私を置き去りにして逃げたものねっ！」

だんだんと語気が荒くなっていく。王子たちは気まずそうに互いの顔を見合った。

戦闘中の騎士たちも、今や彼らの方に蔑《さげす》みの眼差しを送っている。モモの話を聞いて、人気が変動したのかもしれない。

「せ、聖女を捕らえて、無理にでもこの場を浄化させろ！」

ヒゲ王子の命令に、騎士たちは嫌々といった様子で動き出す。

浄化を成功させなければという義務感から言うことを聞いているのが、ありありと分かる態度だった。

「ただ、たくさんの人に愛されたかった。物語のヒロインみたいにちやほやされたかったのよ！　でも王子たちは性悪《しょうわる》だし、神官長も意地悪だし。私にはもう、シェタだけなの。今まで優しかった騎士も使用人も態度を変えて、オバサンなんかに媚《こ》びへつらっちゃって。含みのある態度は、ちゃんと分かるんだから。昔の同級生の……あいつらと同じ目、私を馬鹿にする目をしてるって知ってるんだから！」

自分を取り巻く環境が変容したことを、やはりモモは受け入れられていなかったらしい。

――大陸全土で信仰されている聖女という存在。

しかし詳しく話を聞くと、大陸全土というには語弊《ごへい》があった。聖女の能力に頼っているのは、グレナードの他、聖地の近くに領土を構えている数国だけ。

シェタの出身国であるらしいサウスロードだって、とりあえずラウラ教を信仰しているものの、別に聖女本人をありがたがっているわけではない……と、前にナレースが教えてくれたことがある。

ラウラ教への信仰心の強さは、地域によってまちまちなのだ。

（そんな国で、聖女が大事にされるか怪しいものだわ。とにかくここは、モモを止めなくちゃ）

転移されてしまえば、彼らを追えない。

事情だって何も聞けないままになってしまう。

でも今ならちゃんと話し合えるかもしれないし、それによってモモを理解できるかもしれない。

ナレースの攻撃魔法が発動したのを確認後、ミヤとナレースは行く手を遮《さえぎ》る魔物を倒すより、脇から擦《す》り抜ける方法を選んだ。

後ろでは、王子たちが叫んでいる。

その内容は、『望みが褒賞《ほうしょう》や玉の輿《こし》なら、別の方法で叶えることも可能かもしれない。面倒だけれど、交渉や相手探しを手伝ってもいい』というものだ。今更すぎる上に、モモはもう彼らを信用していない。全て手遅れだ。

「王宮では難しいが、神殿ならきっと玉の輿《こし》を狙えるはずだ。ここの神官は、妻帯《さいたい》できるからな！」

王子はモモに向かって訴え続けている。

(神官は、妻帯《さいたい》しても大丈夫……か)

心の隅《すみ》にちらついたナレースの告白を、意識の外へ追いやる。

今はそれどころじゃないというのに、ミヤはその瞬間、自分の想いをはっきり自覚してしまった。

魔物はミヤとナレースの突破を阻止《そし》しようと攻撃してくる。

狙い通り、彼とみんなを守りたいという思いで物理攻撃の加護が再び反応し、体が動き始めた。

慣れてきたためか、今回はある程度自分の思い通りに体を操作できている。

(この力、練習すれば自由に使いこなせるようになるかもね)

一体の魔物の腕を切り裂き、ミヤは先へ進む。

するともう一体が行く手を塞いだ。きりがない。

（この魔物、連携してる？　賢いし強い）

「ミヤ、危ない！」

魔物の攻撃を受けそうになったミヤを、とっさにナレースが庇《かば》った。

「うっ……」

魔物の腕に弾《はじ》き飛ばされた彼は、壁に体を強く打ち付けてしまう。

「ナレース！」

とっさに魔物への攻撃を中断し、ミヤは彼へと駆《か》け寄った。加護の発動は一時的に止まったようだ。

「何をしている！　さっさと聖女を捕獲しろ！」

後ろで王子が叫んでいるが、そんなものは無視だ。ミヤの中の優先順位は確定している。

「ミヤ、ごめん。こうなったのも神官長である僕の責任だ。神殿や僕がもっと早く動けていれば……」

ナレースは苦しげに声を絞《しぼ》り出す。

「そうかもしれない。でも、私はナレースのおかげで助かった。助かったんだよ」

誰も手を差し伸べてくれない中、最初に味方してくれたのは彼だ。

ナレースがいなければ、ミヤは最初の聖地で死んでいた。もしくはその前に、心が弱って立ち直れなくなっていたかもしれない。

異世界での知識を何も与えられないまま放り出されていたらと思うと、ゾッとする。

「だから、ちゃんとお返ししたい。ナレースを守りたいの！」

シェタの仲間の騎士たちは、グレナードの騎士と兵士が相手をしている。

「くそっ、忌々《いまいま》しい魔物め！」

なんとヒゲ王子も参戦したが、長髪王子とショタ王子は戦えないらしく、隅《すみ》に避難していた。

「誰か、ナレースに回復魔法をお願いします！」

大きな声で頼んでも、周囲はモモを取り戻すことに必死で、誰も助けてくれない。

それどころか王子と同様、ミヤにも早く聖女のところへ行けと命じてくる。

ナレースの部下の神官たちは、魔物に怯《おび》えて右往左往《うおうさおう》するばかりだった。

ついに頭上へ魔物の大きな腕が再び振り下ろされるのを見たミヤは、とっさにナレースを庇《かば》おうとした。

ダメージは覚悟の上だ。傷を受けても、ミヤの体は加護の力で動くはず。

(ナレースを連れて、この場から離脱しなきゃ)

来たるべき衝撃に構えたその時……

「ミヤ！　ナレース！」

聞き覚えのある声が、ミヤとナレースの体を抱えた。

「え……？」

ふわりと体が持ち上がり、目の前が白く光る。

（これ、転移魔法じゃないの……？）

自分を抱える彼の右手を見る。そこに、切り傷はなかった。

第6章　新天地とそれぞれの事情

乾いた硬い地面の上に投げ出された感触に、ミヤはゆっくりと目を開けた。

暖かいとまではいかないが、雪に覆《おお》われていない冬枯《ふゆが》れの大地がどこまでも続いている。

次にミヤは、隣に転がるナレースを見てほっとした。けれど、彼の怪我は深刻なものだ。

助けを求めようと反射的に振り向くと、そこにはシェタとアレクが立っていた。プッチーも彼に抱えられている。

（……どういうメンバー⁉）

状況を把握《はあく》できないミヤは、おそるおそるアレクに問いかけた。

「アレク殿下？　なんでここに？　それにシェタは、グレナードを裏切ったんじゃや……」

モモと一緒に石碑の前にいたはずのシェタが、この場にいるのは不自然だ。確かに彼は、モモと一緒に離れた場所に立っていたはずなのに。

けれど、答えたのはアレクではなく、シェタの方だった。

「まあまあ。それより、まずはナレースを診《み》よう」

「ナレースに何をする気!?」

彼に攻撃するつもりなのではと思ったミヤは、シェタの前に立ちはだかった。

「大丈夫、ナレースに危害は加えないから」

そう言われても、先ほど魔物をけしかけられたばかりなので信用ならない。動きをじっと監視する。

「このままにしておくと、ナレースが本当に手遅れになるぞ?」

その言葉に、警戒を続けつつも渋々どくと、シェタは、ぐったりしているナレースを抱き起こして様子を見始めた。

「……あの、治癒してくれるの?」

「うん、まあ。とはいえ、応急処置しかできないけれど」

そう言うと、シェタはナレースの腕に包帯を巻き始めた。

彼の横に立つアレクは、なぜかシェタを警戒していないように見える。ミヤはそれを不思議に思った。

プッチーが緊張感なく近くの岩の前で穴掘りに夢中になっているのも、一因だろうか。

「……うっ」

周囲を確認していると、ナレースがうめき声を上げた。意識が戻ったらしい。

「ナレース!」

思わず彼の近くへ寄って、その体を抱きしめる。

「よかった。どこか痛む？　まだ動いちゃ駄目だよ！」

オロオロしていると、後ろからシェタの含み笑いが聞こえた。

「大丈夫、壁に頭をぶつけて脳震盪《のうしんとう》を起こしただけだ。出血も少ないし、その程度の怪我なら、意識が戻った時にこいつが自力で治すだろう」

シェタの声が聞こえたのか、ナレースがゆっくりと顔を上げる。

「ミヤと……シェタ？　どうして？」

「魔物に襲われた時、シェタが私たちとアレク殿下を連れてここへ転移したみたいなの……理由は分からないけど」

ちらりと隣のシェタを見る。

ややあって、彼は観念したように口を開いた。

「ここは、北の神殿とグレナード城の間にある荒野だ。二人を連れて来た理由は、あの場に残しておけば、遅かれ早かれ酷《ひど》い目に遭《あ》うことが予想できたから。聖地巡礼《じゅんれい》が成功しても失敗しても、ミヤとナレースは捕らわれていただろう」

ミヤとナレースは、戸惑いながら顔を見合わせた。

「どういうこと？」

「俺の祖国、サウスロードとグレナードは、近々戦争になる」

そう言って、シェタは今までの経緯の説明を始めた。

「はい、彼の言っていることは本当です」

アレクも彼の隣に立って、嘘ではないと頷《うなず》いている。

「グレナードは、もともと俺の祖国……サウスロードを狙っていて、聖地巡礼《じゅんれい》が完了し次第、攻め入るつもりでいたんだ。だから、その方針に反対するだろうラウラ教の神官たちはグレナードから一掃《いっそう》され、戦力になるミヤは人質などを取られて、ここでもまた利用されることになるだろう」

ナレースは眉を顰《ひそ》めてシェタを見る。

「でも、グレナードは小国だよ？　大国のサウスロードに戦争を仕掛けるのは無謀じゃないかな？」

「そう、グレナード単体なら、確かに脅威ではない。けれど、西のウエストミストと手を組んでいることがすでに判明していてな。この二国の連合軍がサウスロードに攻めてくるのは時間の問題だ。それを未然に食い止めるため、俺たちは秘密裏に派遣されていた。聖女による聖地巡礼《じゅんれい》を阻止《そし》し、グレナード国内に混乱を招くのが仕事……というわけで、無事に任務が完了したわけ」

やはりシェタは、サウスロードの間者だったのだ。

驚くべきことに、アレクもそれを知っていたらしい。

「私は事前にシェタに真実を話してもらっていました。いざという時協力者になってほしいと、打診されていたもので」

「アレク殿下は、無駄な争いを嫌っている。だから、北の聖地へ向かう前に腹を割って話し合ったんだよ」

「申し訳ありません、ミヤさん。神官長が怪我をしてしまうのは想定外でした。もっと早く、あなたたちを連れて転移してもらっていれば……」

アレク王子は、泣きそうな表情になっている。

「あの、ところでモモは？」

「後で来る。俺の兄と一緒にな」

「兄？　……って、どういうことなの？」

混乱するミヤに向かい、ニッと笑ったシェタは、楽しそうに言った。

「俺たちは、二人でシェタだ。そうやって、ずっと共に仕事をして来た」

何かに勘づいた様子のナレースが、早口で問いかける。

「『俺たち』って……まさか、君は双子？」

「その通り、俺は弟のシェターロ。ミヤたちとよく行動を共にしていたのは俺の方だ。兄のシェタールは聖女と一緒に、もうすぐこっちへ転移して来る」

それを聞いたミヤは、ぴんと来た。

「シェタの右手の傷が表れたり消えたりしていたのは——それに時々話が噛み合わないことがあったのは、二人が入れ替わっていたからなのね」

だからミヤの書いた小説についても、すでに読んでいるはずの原稿を貸してほしいなどと言ってしまう変な状況になっていたのだろう。きっと二人が読み終えた箇所に差があったのだ。

仕事の情報共有はしていても、互いの読書状況までは情報共有できていなかったのだろうか。右手の傷のことも想定外だったのかもしれない。

（そういえば最初の聖地巡礼《じゅんれい》の時も、仕事から抜けてきたくせに、堂々と「アリバイがある」って

言っていたものね）

ミヤたちは今まで、シェターロとシェタール、二人の人間を『シェタ』として扱っていたのだ。

種明かしに驚いていると、近くで誰かが地面に転ぶ音がした。

見ると、すぐ傍《そば》にある岩の向こうで何かが動いている。

「ああ、来たみたい。詳しい話は後でね」

シェターロだけが平然としている。困惑するミヤを宥《なだ》めるように、ナレースが背後から手を伸ばして来た。

「ミヤ、僕を助けようとしてくれて、ありがとう」

「えっ……？」

「ラージイエティから、身を挺《てい》して守ってくれたでしょ？　情けないことに、僕はすぐに気を失ってしまったけれど」

「ナレースを助けるのは当たり前じゃない！　あなただって、私を庇《かば》って怪我をしたのよ？」

「ふふっ、そうだった。けど、男としてはちょっと格好悪いね」

「そんなことない！　ナレースは、か、格好いいわ！」

「そんなことを気軽に言うものではないよ。ミヤが僕のことを好いてくれているって、調子に乗ってしまいそうだ」

冗談を言っているわけではない、すでにミヤはナレースに好意を持っているのだ。今まで言い出せなかっただけである。

「わ、私は……」

ミヤは体に力を込め、勇気を振り絞《しぼ》る。

いよいよナレースへの想いを口に出そうとしたその時、岩の向こうから間延びした高い女の声が聞こえてきた。

「あはは、成功だぁ！　私たち、浄化ボイコットを成し遂《と》げたのね！」

声の主《ぬし》は、モモだった。

シェタールと一緒に、北の聖地から転移して来たモモは、とてもご機嫌な様子である。

またしても、ナレースへの告白のタイミングを逃《のが》してしまったミヤだった。

「なんだか、シェタと愛の逃避行《とうひこう》をしているみたいだね。ここはどこかなぁ？」

場違いな言葉を吐き、モモはシェタールに自分の腕を絡ませていた。

そんな彼女を見るシェタールの目は、氷のように冷たいものへと変化している。

二人の温度差が、傍《はた》から見ていて気まずい。

「おーい、シェタ！　怪我はないか？」

こちら側から、シェターロが声を張り上げると、兄のシェタールはミヤたちを見て相好を崩した。

「全員無事だったんだな！　良かった！」

朗《ほが》らかに笑う彼とは反対に、モモの目が吊《つ》り上がる。

「なっ……なんで、オバサンたちがここにいるのよぅ。というか、シェタが二人⁉　どうなっているの、分身能力でも持っているの⁉」

しかし双子は、モモの言葉をスルーした。彼女はキーキーと怒りの声を上げ続けている。

「さてさて、シェターロ。次の転移まで、あとどれくらいかかりそうだ？」

「もう少しかな、シェタール。ミヤたちと喋《しゃべ》りながら、少しずつ準備を進めておいた。次はグレナード国内に飛べるだろう。そのあとは、南下してサウスロードだ」

「まったく、羨《うらや》ましいよ。俺もミヤたちと話したかった」

「仕方がないだろ。どちらかが聖女を連れて来なきゃならなかったんだから。コイン投げで負けたお前が悪い」

双子のやり取りは、どこまでも危機感のないものだった。

しかし、彼らの会話が気になったミヤは、思わず口を挟んでしまう。

「あの、これから、あなたたちはグレナード城に戻るの？」

すると双子は、揃《そろ》ってミヤへ顔を向けた。そっくりな表情で、彼らは口を開く。

「いや、グレナード城には向かわない。サウスロードへ行くつもりだが、俺たちの転移魔法は移動距離に限度があってね」

「一度グレナード国内を経由しなければ、サウスロードまで転移できないんだ。というか、俺たちだけじゃなく、ミヤとナレースも来るんだぞ？　二人をこんな場所に置いていけない。なんとしてでも俺たちが助ける！」

彼らは、ミヤたちに友好的な態度を崩さなかった。

（本当に純粋に、グレナード王国から助けようとしてくれたんだ……）

双子はアイコンタクトだけで、何かを相談していたが、しばらくすると揃《そろ》って説明を始めた。

「俺たちは、ミヤとナレースとアレク殿下……ついでに聖女を連れて、サウスロードへ行きたい」

「……なんでサウスロードへ⁉」

ミヤと同時に、ナレースも双子に質問する。

「君たちは最初から、僕やミヤをそこへ連れて行く気だったということ？」

すると二人は、また揃《そろ》って頷《うなず》いた。

「もちろん。大切な友人を、あんな場所に残しておけないからな。事前に伝えると反対されそうだったから、様子を見て回収したんだ。な、シェターロ？」

「転移魔法の完成に時間がかかって、かなりギリギリになっちまったけど。な、シェタール」

「ナレースはあの国にいるべきではないよ。どうせ神殿本部にも、しばらく戻れる見込みはないんだろう？　戻ったところで、今以上の出世は無理だと思うし」

「うっ……！」

「だからグレナード王国から出られないでいる今のうちに、こっちへ引き込もうということになったんだ。俺たち二人の中で」

マイペースな双子の話に、ナレースはげんなりとした表情になる。

「ちょっと待って。それは本気で言っているの？」

「そうそう、サウスロードは良いところだぜ」

「他国の人間にも優しいし。何かあっても俺たちが守るから心配するなって。な、シェタール」

「その通りだ、シェターロ。神官長の仕事ったって、どうせ居眠りしかしてないんだろ？　だったら、新天地でまともに働こうぜ！」

双子は爽《さわ》やかに言い切った。

困惑するミヤとナレースだったが、それ以上に動揺している人物が一人いる。

シェタールに連れて来られたモモだ。

ちなみに一番冷静なのは、事態を把握済みのアレクと、掘った穴の中でゴロンと寝転がっているプッチーである。

「な、なんなの、どうなっているの？　なんで……」

それを見たシェタールとシェターロは、ようやく聖女のことを思い出したらしい。

「心配すんなって。聖女様をサウスロードに連れて行くって約束は違《たが》えないさ」

「玉の輿《こし》だって、相手を選ばなければ可能だぜ。ハーレムは無理だけど、お姫様扱いはしてもらえるよ。なんなら、何人か紹介してやろうか？」

ミヤは『相手を選ばなければ』の部分に引っかかりを感じたが、モモは機嫌を直したようだ。

(敬語も使わなくなってるし、紹介される相手もろくなものじゃないのでは？)

「シェタは？　私と一緒に……」

「あはは！　俺は遠慮しておくぜ。シェターロは？」

「こっちに振るなよ！　俺も聖女様は遠慮する。代わりに、もっと地位の高い相手を紹介させてもらうからさ」

しかし、その対応がモモの気分を害したようだ。自分が互いに押し付け合われているということを、彼女はきちんと理解している。

「……二人とも酷《ひど》い。モモ、悲しいなあ。あーあ、寂しい」

かといって、ナレースを頼ろうという様子も見られなかった。

彼には二度ほど手酷《ひど》く追い払われているので、さすがに懲《こ》りたのだろう。

「そろそろ二度目の転移ができそうだな」

両手を広げていたシェターロの頭上で、いつの間にか転移の魔法陣が完成していた。

それを見たシェタールが全員に告げる。

「ミヤ、ナレース、聖女様、シェターロに捕まって。こんな場所に放置されたくないだろ？　服や体の一部が触れていれば、転移できるから」

「分かったわ」

ミヤは覚悟を決めた。

プッチーを回収して、言われた通り、シェターロの服の裾《すそ》を掴《つか》む。

するとシェタ一ロが、「遠慮するなって」という言葉と共に、ミヤを抱き上げた。

「きゃあっ!?」

それを見たナレースが、いつになく慌てた表情でミヤを下ろしにかかる。

「ちょっと!?　ミヤを下ろしてくれないかな？」

「そうだぞ、シェタ一ロ。調子に乗るなよ」

シェタールがナレースに加勢した。アレクは彼に掴《つか》まっている。

モモは一人で、まだ「寂しい」と繰り返していた。

「なんでオバサンがモテモテになっているのよ。私の方が絶対に可愛いのに」

しかしその言葉に、ミヤと同年代の男性陣の視線は厳しかった。

以前ナレースが言ったように、その基準でいくと自分もオジサンになってしまうからだ。

女性と変わらず、男性も自分の年齢は気になるものらしい。

「聖女様、一人でこの場に残りたいのなら止めないけど……早くしないと、俺たち消えちゃうよ？」

「えっ。ええっ⁉」

本気で置いていかれると察したモモは、慌ててシェターロの背中に抱きついた。

「ひっ……⁉」

驚いたシェターロがよろめいたと同時に、また視界が白く染まる。

シェターロの魔法が発動したのだ。

※　※　※

その後数回転移を繰り返し、ミヤたちはついにサウスロード国へ到着した。

「あ、暑い……」

サウスロードはジメジメと蒸し暑く、地球で言う、いわゆる熱帯雨林気候のようだ。

ナレースが、コートを脱いで腕にかける。モモもモコモコしたコートと耳当てを脱ぎ捨てていた。

「ところで、あの魔物はどうなったのかしら？」

ミヤは気になっていたことを、近くにいたシェタールに尋ねた。

「ラージイエティなら、聖地を破壊して暴れ回っていたなあ」

「……他人事《ひとごと》!?　被害はないの？」

「王子たちは建物の外へ逃げ出したし、騎士や兵士にも重傷者はいなかったよ。その後は部下に任せたから知らない。まだ戻って来ていないってことは、帰還用の魔法陣が壊れたのかもしれないなぁ」

「あの魔物は寒い場所が大好きだから、興奮しちゃったのかも。でも北の聖地の辺りはめったに人も来ないし、大丈夫だろう。しばらくしたら本国の魔物回収班が向かうはずだし。専門家に任せておけば問題ない」

ミヤは、続けて彼らに質問する。

「サウスロードでは、魔物を飼育しているの？」

「ああ。珍しいけれど、そういう能力を持った奴がいるんだ。彼らが飼育や調教を担当している。だから調教した本人がいないと、完璧に言うことを聞かせるのは難しいんだよな」

ラージイエティの攻撃でナレースが怪我を負ったのは、どうやらそのせいらしい。

少し歩くと、巨大で派手な建物が目の前に現れた。

「あそこ、俺たちの家」

南国リゾート風の巨大な平屋が建つ敷地内へ入ると、すぐ横に広いプールも見えた。

しばらくすると、中から使用人が続々と出てくる。不満を隠せない様子でついて来ていたモモが、それを見て目の色を変えた。

「君たちは、サウスロードの貴族だったのかい？　その割には、だいぶ好き勝手しているようだけれど」

ナレースの問いかけに、双子はニッと笑う。

「その通り。そうは見えないってよく言われるけれど、うちの国はちょっと変わっているから」

言いかけたシェターロを制し、シェタールが口を挟んだ。

「それより報告が先だ。シェターロ、こっちを頼む。俺は聖女様と殿下を連れて行くから」

そう言って、シェタールはどこかへ去って行った。

先ほどまで不満気だったモモは、ノリノリで彼について行く。『貴族』という言葉に反応したのだろう。その後を、アレクが落ち着いた様子で追って行った。

「さて、ミヤとナレースには、きちんと話しておかないとな」

シェターロはミヤたちを客室へ案内すると、詳細について語り始めた。

「大まかな事情は、さっき説明した通りだ」

「グレナードがウエストミストと組んで、サウスロードに攻め入ってくるという話だね？」

ナレースの言葉に、シェターロが頷《うなず》く。

「聖女召喚前まで、グレナードは時折うちの国を攻めてきていた。もちろん、そのたびに撃退しているけれど、今回はウエストミストもサウスロードを狙っている。聖地巡礼《じゅんれい》が成功して国内の憂《うれ》いがなくなれば、全力で攻めてくるだろう。うちも負けはしないが、犠牲は出るし土地も荒れる。それは避けたかった……そこで、俺たちがグレナードに赴《おもむ》いたというわけ」

「でも、君たちは貴族で……」

「確かにそうだが、この家はちょっと特殊な役割を負っている」

そう言うと、シェターロはじっとミヤを見つめた。

「うちの祖先は、前々回の召喚で聖女と共に呼び出された、守護者なんだ」

「しゅ、守護者ですって!?」

ミヤは驚きつつ彼を見た。

「しかも前々回というと……恋人だった聖女を殺されて怒り狂い、グレナード王国をめちゃくちゃにして、どこかへ消えた人？」

「あはは、知っていたの？　第一王子辺りが喋《しゃべ》ったのか」

「ええ、まあ、少しだけ」

「稀代《きたい》の大悪人みたいに語られていたんじゃないか？」

「ええ。そのせいで、私も危険視されていたらしいわ」

そう言うと、シェターロはすまなそうな顔をした。

「ミヤはうちのご先祖とは関係ないってのに。あいつら、初《しょ》っ端《ぱな》からあからさまにミヤを冷遇するんだから。それで俺も責任を感じて、ちょくちょく様子を見に行っていたんだよ。まあ、話をしてみたら面白かったってのも理由だけど」

「……そうだったのね」

「まあ、そんなわけで。うちの曽《そう》祖父はグレナードをめちゃくちゃにした後、他国へ向かったんだ。そうして最後に、サウスロードに定住した。この国で色々なものを発明して、人々を助けたらしい。そんで、当時攻めてきたグレナード王国を撃退した。その後、王女様の一人と結婚して貴族の仲間入りをし、今に至るってわけ。彼から代々辺境伯位を引き継いでいるおかげで、うちは裕福なのさ」

「それで、これから私はどうすればいいの？」

「ミヤとナレースに、何かをしてもらおうという気はない。聖女には適当に貴族をあてがうつもりだ。本人もそれが望みみたいだし。こちらとしても、グレナード王国に渡したくないだけで、危害を加えたり利用するつもりはないからな」

その言葉に、ミヤはホッとした。

「俺とシェタールは、グレナード王国を迎え撃つために準備しなければならない。そういう役目だからな……まあ、今の状況で攻めてくるのは難しそうだが」

「聖地の浄化が完了していないものね」

「それもあって、ウエストミストは実はあまり侵攻に積極的じゃない。現グレナード国王の妹と縁《えん》戚《せき》になっている関係で、一応味方をしているだけだ。だから俺たちは、ここで待機して様子を見る。返り討ちにされるのが目に見えているから侵攻はしてこないだろうけど、死に物狂いで聖女を奪還しに来ると思うぜ」

プッチーを抱きしめたミヤは、複雑な思いを抱《いだ》いて溜息《ためいき》をついた。

シェターロの気遣いで、ミヤたちはそれぞれ用意された個室で休むことになった。

綺麗に整えられた広い部屋だ。犬用の水飲み場やお菓子まで用意されている。

心配したのだろうか、しばらくすると、ミヤの部屋にナレースがやって来た。

「ミヤ、大丈夫？　色々あって疲れたね」

「ええ。聖地巡礼《じゅんれい》を終えて、今度こそ神殿に就職できるかと思ったんだけど」

「だよね。まさか僕も、仕事を放り出してこんな場所に来てしまうとは思わなかった。神殿をクビになっちゃうかもしれないね」

「今なら、まだ戻れるんじゃない？　本部に連絡を入れれば……」

「それなんだけどさ。僕も、もういいかなって思っちゃって。なんとなく神官長をしていたけれど……そんな気持ちでやるべき仕事ではなかったんだ。ミヤが頑張る姿を見ていて、僕は何をやっているんだろうと思ったりもしてた」

「そんな……」

「聖地巡礼《じゅんれい》の結末も見届けたし、シェタたちの言う通り、本部に戻ったところで僕の居場所はない。この辺りが潮時だったんだよ」

「これからの目処《めど》も立たないし、正直、私も戸惑っているわ。でも、何か自分にできる仕事を探してみる。こう見えて私、以前は靴《くつ》屋の売り子をしていたのよ」

「売り子を？」

「ええ、この世界の靴《くつ》屋とは全然違うのでしょうけれど。靴《くつ》屋じゃなくても、どこかで店員として雇ってもらえないかしらね。サービスでステータスを見ちゃいます、なんて」

そう語るミヤを、ナレースは萌黄色《もえぎいろ》の瞳でじっと見つめていた。

「どうしたの？」

「あ、いや……」

そっと目を逸《そ》らしたナレースだが、急にミヤに近づき、その体を抱きしめてきた。思わず
「ひっ？」と驚きの声が出る。

「ごめん、なんか衝動的に」

慌てて腕を解くナレースの顔は真っ赤で、表情に余裕がない。釣《つ》られてミヤも動揺してしまう。

「あ、あの？」

「ミヤは気が強いわけではないし、自己主張も弱いけれど、いつもまっすぐで一生懸命だ。そんな君を尊敬するし、すごく魅力的だと思う」

「み、魅力!?」

急に頬が熱を持ち始め、そわそわと落ち着かない気分になる。彼の長い金髪が、ミヤの首にさらりと触れた。

「僕はやっぱり、君が好きだな。こうして、ずっと傍《そば》にいたい」

それはミヤだって同じだ。本音を言いそびれたままここまで来てしまっているが、ミヤは目の前

に立つ親切な神官長に惹《ひ》かれている。

「ふふ、困らせてごめんね。今の僕は、無職予備軍の甲斐性《かいしょう》なし。身の程はわきまえているよ」

「ま、待って！」

話を自己完結させようとしたナレースを、思わず引き止める。彼は驚いたようにミヤを見た。

（あ、後戻りできない！　これは、もう言わなきゃ！）

何も考えていなかったミヤは焦ったが、ついに覚悟を決め、深呼吸して口を開く。

「私も、ナレースが好きです！　やる気なく振る舞っているけれど、本当は誰よりも面倒見が良くて優しくて、いつも私を助けてくれた。そんなあなたが好きなの……！」

言ってしまったという思いと恥ずかしさで、ますます顔面の温度が上昇していく。

ミヤの背に腕を回したままのナレースは、驚きに目を見張って停止していた。

「……ミヤがそんなことを言うなんて、思わなかった」

彼も、恥ずかしそうに視線を泳がせている。

「わ、私も。この場で言うつもりはなかったのだけど、つい……」

「僕はこれから無職になりそうだし、不安定な身の上だよ」

「それは私も同じだし、そんなことは気にしていないわ。ナレースなら、きっと次の仕事も見つかると思うもの」

なんせ、攻撃魔法と回復魔法の両方が使えるエリートだ。

「いや、でも、ミヤを養《やしな》えないと結婚は難しいし……」

「養《やしな》う？　結婚!?」

ミヤは改めてこの世界と日本の文化の違いに気づかされた。きっとここでは、既婚女性が働きに出るという考えがないのだろう。

そしておそらく、ナレースの中ではすでに『お付き合いをする＝《イコール》結婚』という図式ができ上がっていると思われる。

彼はミヤの手を取って、はにかむように微笑みながら口を開いた。

「分かった、僕、頑張るよ」

そうしてナレースは、決意を秘めた萌黄色《もえぎいろ》の瞳で優しくミヤを見つめてきた。美形の笑顔に、ミヤの顔面の温度が頂点まで急上昇する。照れ臭さで、ミヤの視線は揺れ動いた。

（なんか、プロポーズみたいになってるー!?）

人生初の告白は、甘く恥ずかしく、地面に転がりながら叫び出したい気分になるようなものだった。

※　※　※

あれからモモも、同じ建物で生活を始めた。

モモの部屋は、ミヤたちと同じ作りの個室である。

さすがのモモもアウェイな環境下では文句を言えなかったのか、普通の個室で大人しくしているようだ。

（グレナードでは、元王妃の部屋を与えられていたのよね。今思えば、かなり非常識だわ）

モモ自身もそうだが、それ以上に国王や王子がである。

だがモモは、今まで何度も気分に任せた行動を取って来たのだ。

今度はどんな行動を起こすのか、ミヤは気がかりだった。

双子のシェタは、彼女の人生に責任を持つつもりなんてないだろうし、それで不機嫌になって変な行動を起こさないとも限らない。

（あの子と話をしてみようかしら）

先へ進むためには彼女の本音を聞くのが重要だと、ミヤは思った。

（なんだかんだ言っても、同じ異世界人だし。心配になっちゃうのよね）

それにここでモモと和解できれば、後々の憂《うれ》いも減る。

――空気とは人知れず動き回り、周囲の平和を維持する存在なのだ。その努力が誰にも認知されていなくても。


昼過ぎに部屋をノックすると、モモ本人が中から出て来た。予想はしていたが、その顔は不機嫌そのものだ。

「なんなのぉ？　オバサンの顔なんて見たくないんですけどぉ？」

「少し、話せないかしら」

「ええー、面倒臭い。話って何？　こんな状況の私を笑いに来たの？」

（まさか、あなたじゃあるまいし）

ミヤは賢明にも、その言葉は呑み込んだ。

世の中、モモのように悪意に満ちた人間ばかりではないのだが。

自分がして来たようなことは、他人もするものだとでも思っているのだろうか。

「何か、困っていることはないかと思って」

「……一体、何を企《たくら》んでいるのぉ？」

モモは、胡乱《うろん》な目でミヤを睨《にら》みつつ、渋々といった様子で室内へ案内してくれた。

二人は向かい合ってテーブルにつく。

「あなたが、これからどうするつもりなのか気になっただけよ。ここの貴族と結婚するの？」

「ああ、あの話。アレはあてにしていないけど？」

「えっ？」

意外にも、モモは冷静な反応を返してきた。

「双子は私の味方じゃないよ。私のことをどうでもいいと思っているしぃ。信用できないって感じだよね」

「……そ、そうなの？」

「見れば分かるじゃん？　まあ、目が覚めたわ」

モモもモモなりに、この期間で色々と考えていたようだ。

「最初はこの世界は、もっと夢のような場所だと思っていたのよ。いや、そうしてやろうと思った。自分が生きやすいように、私の居場所を作ろうと……その結果がこれだもんなぁ」

そのおかげで被《こう》害《む》を被った身としては、なんとも言えない。

「いいよねえオバサンは、良い男をゲットできて。これで勝ち組人生だね」

「……あなた、あの人たちをなんだと思っているの」

呆《あき》れ顔で問い返すと、モモはこれ見よがしな溜息《ためいき》をついてみせた。

「オバサンは、なーんにも分かってない。そうやって自分だけは綺麗ですって顔をして、本音を隠していい人ぶって。そういう無自覚のスカした女、大嫌いなんだから」

「何を言っているのよ」

そう返しつつも、ミヤは内心ひやりとしたものを感じていた。自分の内面を正確に言い当てられたような気がしたからだ。

人から受け入れられたい、好かれたい、自分の居場所を確保したい……そういう思いが積もり積もって、いつしかミヤは、自身の本音を覆《おお》い隠していた。世間一般的な『良い振る舞い』を迷わず選択し、無意識のうちに実行していた自分に気づく。

自分というものがなくて、周囲の意見に流されて。でも、そうして馴染《なじ》みすぎた結果、周囲に埋《まい》没《ぼっ》して認識されなくなっていた。

そんな『空気』がミヤなのだ。

「オバサンを見ていると、イライラするのよねぇ。最初に召喚された時も、さっさと私を聖女だっ

て売り渡しちゃえばよかったのに」

「そんなこと、できるわけがないでしょう」

「私、知っているのよ？　あなたが私をよく思っていないってこと」

「……なんのこと？」

「マンションで擦《す》れ違うたびに、私のことを内心バカにしていたでしょ？　いつも男を侍《はべ》らせている勘違い女だって」

「えっ？　それ誤解……！」

確かに羨望《せんぼう》と共に眺めてはいたけれど、別に悪感情は抱《いだ》いていない。

「なのに、私を気にかけるふりをする偽善者」

「だから違うってば。私はあなたを羨《うらや》ましいとは思っても、勘違い女なんて思ったことはないわ」

「えっ……？」

ミヤが主張すると、モモは少し怯《ひる》んだそぶりを見せた。

(誤解だと、分かってもらえたかしら？)

しかし、それは一瞬だけだったようだ。モモの自分語りは止まらない。

「気が弱くてイケてなくて、そのくせなんの努力もしない。あなたを見ていると、イライラするの」

「……！」

「この世界へ来た私は、自分が生き残れる、大事にされる選択肢を選んだ。だって、確実な居場所が欲しかったんだもの」

「あなたは充分大事にされているじゃない。今は聖地巡礼《じゅんれい》がらみで大変だけれど、若いし可愛いし、まだまだ幸せになれるはずだわ」

「これまでもこれからも、そんなことはないんですぅ。それに可愛いなんて言われても、全然嬉しくないし」

モモは爪を噛み始めた。相当ストレスが溜まっているようだ。

こちらに来た時は塗り立てだった真っ赤なネイルも、今や生え際が見えてきてしまっている。この世界でそれだけの月日が過ぎたのだ。

モモは挑戦的な目でミヤを見た。

「だって、私の顔は整形だよ?」

その台詞《せりふ》に、ミヤは絶句した。

「あ、整形って言っても、全部はいじってないわ。目と鼻だけ」

あっさりと暴露《ばくろ》するが、それでも大変な手術だと思う。

何も言えずにいると、モモが自嘲《じちょう》的な笑みを浮かべた。

「ようやく忘れかけていた昔の自分を、ありありと思い出させてくれるオバサンが嫌ーい。だから、ちょっとだけ嫌がらせをしてやったのよ。なんの努力もしないで、ダサい格好で歩き回って、それを指摘されると一丁前に傷ついてみせて。あなたは何がしたいのよ?」

「そ、それは……」

確かに、モモの言う通りだ。

かつて少しだけ頑張ってはみたもののうまくいかず、以降のミヤは外見に関して努力を放棄してしまっていた。

ミヤを煽《あお》りつつ、モモは自分の話を続ける。

「でもね、整形したからといって、世界が変わることはなかったわ。可愛いと言われる機会は増えたけど、所詮整形のおかげだって分かっているから嬉しくないし、根暗な中身は変わらないから、リア充にはなれないし。いいところ、オタサーの姫ポジション」

モモの妙に演技染《じ》みた、ズレた仕草の正体が分かった気がした。

「大学ではそういう位置付けで居場所を得て、それなりに楽しんでいたわ。でも、こんな場所に飛ばされて、また一からリセット。行った先は危険な義務が付きまとう、ロクデモナイ世界。どうせ運命を変えられないのなら、せめて物語の中みたいに皆からちやほやされたかったのよ」

本音をぶちまけたモモは、少しすっきりしたようだった。

「結局、ブスでも普通でも美人でも、苦労するんだよ。世の中……」

今度は、悟りを開き始めたらしい。

「私がこれからどうするかは、私にも分からない。そういうオバサンは？　美形を集めてハーレムでも作るの？」

「まさか！」

思い切り否定すると、鼻で笑われた。

「本気で慌てるとか、マジウケる。冗談に決まってるじゃん、オバサンにそんな甲斐性《かいしょう》がないことくらい分かるって」

「甲斐性《かいしょう》の問題じゃないよ！」

話すたびに複雑な気分にさせられる相手だ。ミヤは溜息《ためいき》をついた。

「私はこれから、生きていくために仕事を探すわ。それなりに使えそうな能力も持ってるし」

「ふぅん？」

興味の無さそうな返事をしているが、しっかり気になっているようだ。モモの視線はミヤに釘付けになっている。

「それからね、すでにシェタたちから聞いているかもしれないけれど……グレナード王国が、これからあなたを狙って来るかもしれない。サウスロードの人たちもあなたを守ってくれるそうだけど、気をつけて」

「わ、分かってるってばぁ。今度会えば、私の身がヤバイってことくらい……」

あれだけの啖呵《タンカ》を切って逃げた手前、モモはもうグレナードへは戻れないだろう。再度寝返る可能性は低そうだ。

「何かあれば言ってちょうだい。できる範囲で力になるから」

「……お人好《よ》し」

偽善者と言われようとも、これがミヤだ。今までの恨みは確かにあるが、だからと言って同郷のモモが傷つけばいいとまでは思えない。

また来ると伝え、ミヤはモモの部屋を後にした。

少しだけだが、モモという人間を理解できた気がして、ミヤは一人微笑んだ。

そのまましばらく廊下を歩く。

この屋敷は本来、双子の父親――辺境伯の持ち物だ。守護者の血を引く彼には、シェタたちを含め十五人と、たくさんの子供がいるらしい。

国防を担《にな》う家柄から、兄弟の中には双子のように自《みずか》ら外に出て働く者も多いのだとか。ミヤの感覚では、貴族は普通自《みずか》ら危険なことをしないと思うのだが、この辺りは国民性なのだという。

何より、守護者の血筋のせいか、この家の子供は特殊な能力を持つ場合が多く、それを利用して自分で動いた方が良い結果を産むとのことだった。

部屋に戻ると、扉の前でナレースがミヤを待っていた。

「ミヤ、グレナードの兵士が、サウスロードに来てる」

「戦争が始まったの？」

「違う。聖女の返還を求めて、王子が交渉に来ているんだ。向こうも聖地の浄化が終わっていない状況で、こちらへ喧嘩《けんか》を売るような真似《まね》はしたくないと思うよ」

「王子たちは無事に城へ戻れたということね。それにしても、早い……向こうにも、まだ転移魔法を使える人材がいたのかしら？　これから、どうなるの？」

「分からない。現在辺境伯が話し合いに応じていて、明日の会談には、可能なら僕やミヤも来るようにとの伝言だよ」

「分かったわ。私も、きちんと話を聞きたい」

「でも、相手はあの王子たちだ。嫌な思いをするかもしれないよ」

「どうなるか見届けたいのよ。逃げずにきちんと向き合いたいの」

深刻な話をするミヤたちの足元では、プッチーがカーペットの端《はし》に付いた房飾りで遊んでいた。

(緊張感がなさすぎだわ……でも、おかげでちょっと和《なご》んだ)

グレナード王国の王子たちは、残った三人が来ているらしい。アレクを合わせると、この場に王子が勢揃《せいぞろ》いというわけだ。

ナレースから又聞きした話によれば、北の聖地巡礼《じゅんれい》の失敗が原因で、三人の人気はガタ落ちしているとのこと。きっと辛い立場にあるはずだ。

(祖国にいづらくなって、今回の交渉役を受けたのかもしれないわね)


翌日、屋敷とは別の建物で、グレナード王国の使者との会談が行われた。

町外れにあるこの施設は、異国の客をもてなすのに使われる場所らしく、客室からは南国の植物が咲き乱れる豪華な庭園が見渡せた。

その場には、関係者である双子の片割れ(シェターロの方)とアレクが出席していた。

サウスロード風の衣装に着替えたミヤとナレースも、並んで席に座っている。

モモだけは、別室で待機してもらっていた。直接顔を合わせれば場が荒れそうだし、王子たちが彼女に危害を加えないとも限らない。

ミヤたちの座る席は楕円《だえん》形の大きな円卓だ。向かいにあたる位置に案内された王子たちは部下を引き連れて着席した。

（ヒゲ王子が、ものすごい顔でシェターロを睨《にら》んでいるわ）

不機嫌な彼の横では、長髪王子とショタ王子が硬い表情で並んでいた。

お互い顔を合わせず、会話もまったくしていないことから、まだ仲が修復できていないということが窺《うかが》える。

王子たちの背後には、白い衣装と同じ顔色をした転移魔法使いたちがいた。

（顔色悪すぎでしょう！　今にも倒れそう……）

彼らは、ミヤたちが召喚された時にいた者たちと同じ人物のようだった。王子たちの命令で強制的に働かされているのだろう。

聖女召喚で魔力と気力をほとんど使い切った魔法使いは、通常は褒賞《ほうしょう》を得て長期休養に入ると聞いていたが、彼らは今も王子たちをグレナードからサウスロードへ運ばされている。

（……世界こそ跨《また》いでいないとはいえ、強制的に何度も酷使《こくし》されているのだもの。死んだ眼になるのも当然よね）

そんな微妙な空気の中で話し合いが始まった。内容はもちろん、聖女の今後についてだ。

「聖女は我々グレナードが呼び出したのだ。返していただきたい。そちらが不誠実な対応を取るのなら、こちらも強硬手段に出ざるを得ないのだぞ」

ヒゲ王子は、サウスロード側を脅《おど》すように言った。

しかしそうすれば、隣国と組んで喧嘩《けんか》をふっかけて来るつもりなのだ。サウスロードにとって、聖女を返すメリットは何もない。

話し合いは、しばらく平行線を辿《たど》った。

（というか、もはや話し合いの体《てい》をなしていないのよね）

向こうは返せの一点張りで、そのための対価を差し出す気もないらしい。

普通は相手に利のある案を提示し、それと聖女の身柄を交換という形を取ると思うのだが。

あまりに一方的すぎる要求に、辺境伯は苦笑を浮かべていた。

「こちらは、聖女が降り立つ神聖な国、グレナード王国なのだぞ！」

世間知らず、ここに極まれり。

ヒゲ王子は自身の優位を疑わず、強気な態度を崩さない。

シェターロは早々に交渉決裂の気配を察知し、端《はし》の席であくびを噛み殺している。

ハラハラしながら様子を見守っていると、ヒゲ王子が今度はミヤに視線を向けた。

「ついでに、守護者の身柄も引き受けたい。あれは、聖女を守るために必要な駒《こま》だ」

（ついでとはなんだー！　しかも駒《こま》扱いなんて！）

瞬間、隣の席のナレースから凄《すさ》まじい殺気が放たれたのを感じた。守護者の能力に目覚めてから、ミヤは気配に敏感《びんかん》になっているのだ。

自分のために怒ってくれているのだと思うと、こんな深刻な場にもかかわらず、彼の気持ちを嬉しく感じる。

「守護者殿のお考えをお聞きしたい」

辺境伯に話を振られたミヤは、正直に言った。

「私は、グレナード王国に戻る気はありません。なぜなら、身の危険を強く感じるからです」

そこでミヤは、今までに起きたことを洗いざらい暴露《ばくろ》し始めた。

最初に冷たくあしらわれたこと、部屋や着替えすら用意されなかったこと、一人で中央の聖地に放り出され魔物に殺されそうになったこと、南の聖地巡礼《じゅんれい》では奴隷《どれい》のように扱われたこと、北の聖地巡礼《じゅんれい》で負傷したナレースより聖女の捕獲を優先しろと言われたことなどだ。

王子たちは、「それくらいのことで喚《わめ》くな」や「守護者なら、何があっても簡単には死なないだろう」などと、また腹の立つことを言っているが、いちいち真《ま》に受けていたらきりがない。

ミヤはそんな彼らを相手にせず、冷静に話を続けた。

「けれど、北の聖地巡礼《じゅんれい》は実行したいと思います」

聖地巡礼《じゅんれい》を実行しない限り、苦しむ人が出るのは事実。それに浄化がなされない限り、モモとミヤの身は狙われ続けるだろう。

サウスロード側の面々は、王子たちの横柄《おうへい》な態度に散々眉を顰《ひそ》めた後、ミヤの発言に意外そうな顔をした。

先々代の守護者の血を引く辺境伯の一族は、国としての感情以前に、グレナード王国を個人的に毛嫌いしているらしい。

（過去の守護者の感情を強く引きずっているのね……先祖の恨み的な？）

グレナード王国の面々は、ミヤの返事を聞いて「生意気だ」などといつものように騒いでいたが、ついに辺境伯が決定的な言葉を告げた。

「我々は聖女も守護者も、そちらに渡す気はない。しかし、ミヤ殿の望みはなるべく叶えたいと思う」

気色《けしき》ばむ王子たちは、乱暴にテーブルを叩いて吠《ほ》えた。耳を覆《おお》いたくなるような、身勝手な罵詈《ばり》雑言《ぞうごん》が飛び出すが、サウスロード側は、冷静な対応を続けている。

「……話は以上です。聖地の浄化に関しましては追ってお知らせしますので、今日のところはお引き取り願いたい」

辺境伯がそう告げるが、王子たちは腰を上げようとはしなかった。あくまでも退《ひ》かない構えを見せている。

(そっちに話し合う気がないんだから、いくら粘《ねば》っても無駄でしょうに……)

ミヤが溜息《ためいき》を吐きかけたその時、隣室から悲鳴が聞こえて来た。

「えっ……？」

あれはモモの悲鳴だ。

ただごとではない様子に、サウスロードのメンバーもざわめき出す。

(何かあったのかしら？　助けに行かなきゃ……！)

その思いに反応し、ミヤの体が勝手に動き出した。ミヤに続いて、ナレースとシェタローも隣室へと駆《か》けつける。

そこでは腰の剣を抜いたグレナードの騎士たちが、切《き》っ先《さき》をモモに向けて脅《おど》していた。モモの前にはシェタールが立ち、敵を牽制《けんせい》している。

「聖女様、我々と共に来ていただこう。そして今度こそ、北の聖地を浄化するのだ」

「えっ？　えぇぇ？　なんの真似《まね》なの？　浄化云々《うんぬん》はともかく、あんたたちと一緒に行くなんて嫌なんですけどー？」

わけが分からないという顔をして、モモが壁際に後退する。

「もう、なんなのぉ？　こんな場所で、冗談はよしてよぉ……！」

今までに剣を向けられたことなどないモモの顔は蒼白だ。パッチリとした目に大粒の涙が浮かぶ。必殺、泣き落としである。

思わず怯《ひる》んだ騎士めがけ、加護の力で自動走行中のミヤが体当たりする。こちらは丸腰だが、威力はあったようで、騎士は壁際まで吹っ飛んだ。

(こっちも体が痛いけどね！　確実に打ち身になってるよ……)

守護者の加護は、持ち主の怪我などお構いなしの、困った力なのである。

刀を構える他の騎士たちに向けて、双子が忠告した。

「やめておいた方がいいぜ？　聖女に手を出せば、守護者がお前らに剣を向けるぞ」

「ミヤは力の制御ができないから、魔物と同じようにお前らを殺すだろうな……本人にその気はないとはいえ」

ミヤも人間など斬りたくないが、まったくその通りだった。

騎士たちは、一歩一歩後退を始める。得体の知れない守護者の力に恐れをなしたらしい。それに聖地巡礼《じゅんれい》の旅に同行していた彼らは、ミヤの実力を嫌というほど目にしている。

しかし、そのタイミングで、王子たちが部屋になだれ込んで来た。

「何をやっている！　早く聖女を奪還して転移するぞ！」

その言葉にサウスロード側が殺気立った。

「聖女をお守りしろ！」

双方の命令が慌ただしく飛び交い、人が続々と集まってくる。

モモはグレナード王国へ行く気はないと言っていた。ミヤの体はその意を汲《く》んで、背後のモモを渡すまいと動き始める。

「聖女よ、我々と共に来るのだ」

ヒゲ王子が、かつてのような甘い笑みを浮かべてモモへと近づく。

人気が低迷している彼は、モモを引き込むことに必死なようだ。

「聖地巡礼《じゅんれい》が終われば、お前を王妃として迎えることを約束する」

（浄化を果たした聖女を娶《めと》れば、あるいは人気を回復できるとでも考えているのかしら。それとも、とりあえず約束を取り付けておけばモモが動くと踏んだとか？　口約束なら、あとでいくらでも撤《てっ》回《かい》できるものね！）

ミヤの体はヒゲ王子を攻撃しようと拳《こぶし》を振り上げる。

「どけ、守護者！　邪魔をするな！」

ヒゲ王子も迎撃《げいげき》の構えを取った。

（まずい！　勝手に体が動いているからとはいえ、大勢の前で他国の王子を殴り飛ばせば問題になるー！）

身の破滅を予感したその時、目の前でパシリと音がした。揺れる金髪が視界を過《よ》ぎる。

（ナレース！）

ミヤの体が動き出す前に、彼が王子を止めてくれたのだ。

「……公《おおやけ》の場で女性に暴力を振るうのはどうかと思いますよ、王子殿下？」

モモはミヤと双子の陰に隠れるように移動すると、思い切り王子を罵《ののし》った。

「この人、暴力王子ですぅ～！　こんなＤＶ男の妻になるなんて嫌ぁ～！」

（敵に回れば厄介《やっかい》だけど、味方だと心強い……）

だが、一歩下がったヒゲ王子の眼光は鋭いままだ。何かしでかしそうな危うい雰囲気を湛《たた》えた彼は、やはりとんでもないことを言い出した。

「そんな風に余裕ぶっていられるのも今のうちだ。もし断れば、こちらは転移魔法使いを総動員し、魔物をこの場へ呼び寄せてやる。お前たちも使った手だろう？」

確かにシェタたちが使った方法と同じだが、そこには根本的な違いがある。

サウスロード王国では、しかるべき能力を持った人間が飼い慣らした魔物を、安全だと分かった上で転移させていたということだ。

だが、グレナード王国側にそんな能力者はいないと、以前アレクが証言している。

（だとすれば……）

魔法使いたちを野生の魔物の群《む》れへ無理やり突っ込み、転移魔法を発動させようとしているに違いない。

命がけの、無謀な行為だった。

魔法使いたちの無事はもちろん、魔物の転移先にいる人たちの安全も保証できない。

「何を考えているのよ！」

その時、辺境伯の部下が慌てた様子で駆《か》け込んで来た。

漏れ聞こえた報告によれば、どうやら一部がフライングして、すでにこの領地内に魔物が転移しているとのこと。

場所は、ここの近くらしい。

ヒゲ王子は、こちらを嘲笑《あざわら》うように目を細める。

「さあどうする？　聖女よ、今ならまだ許してやる」

脅《おど》しをかけてきた王子だが、彼は大きな過《あやま》ちを犯《おか》していた。

「馬鹿なことを言うのねぇ？　私、グレナードだけじゃなく、この国の人間の生死にも興味ないの。それにあなたは、かつて私に言ったじゃない？」

堂々とした態度の彼女は王子たちを嗤《わら》い返した。

——そう、モモの興味は自分に関わる事柄にしか向いてない。サウスロードが危なかろうが関係がないと、本気で思っているのだ。

「なぜ王族と恋仲になれるなんて思ったのだ、物珍しい異世界人というだけの平民が、思い上がるな。容姿もこの世界基準では中の上。何を根拠に、そのような傲慢《ごうまん》な自信を持つようになったのか、と」

「そ、それは……お前が、俺を裏切ったから」

「南の聖地巡礼《じゅんれい》を終えた後、あなたは確かにそう言って、私を罵《ののし》った。最初は私も、親切なあなたたちの態度に少し期待していたわ。けど、そこまで酷《ひど》いことを言われてもう一度縋《すが》れるほど、私は馬鹿じゃないのよ？」

その言葉が決め手となり、周囲の空気が変わった。ヒゲ王子は戦意を消失し、モモは吹っ切れた様子で胸を張っている。

そんな彼女に、双子は「今から魔物を退治しに行く」と告げた。

「ちょっと、あなたたちだけで行くのぉ？　色々な魔物が複数呼び出されているかもしれないのに、本気ぃ？」

「本気だってば聖女サマ、さっくり斬って来るぜ」

あくまで爽《さわ》やかに穏やかに、シェターロは宣言した。

笑顔で言い切る口調と、物騒な行動がちぐはぐだ。思えば、出会った時からそうだった。

「最初からミヤに頼っていれば、彼女は助けてくれただろうに。聖女サマは、紛《まぎ》らわしいことをするよな」

彼は捨て台詞《ぜりふ》を残して駆《か》けて行く。

「わ、私も、行くわ！」

慌ててミヤも双子に続いた。背後からナレースが追って来る気配もする。

（魔物が街で暴れたりしたら大変だし、今後のことを考えれば、ここで役に立っておいた方がいいかも……って、あの子の言う通り。私、案外嫌な奴かも！）

それでもいいと思えるのは、ナレースがそんな自分を肯定《こうてい》してくれたからだ。彼はミヤを正面から受け止め、良い部分も悪い部分も認めてくれた。

ここで活躍すれば、面倒ごとが増える恐れもある。少なくとも、新たな守護者として悪目立ちするのは避けられないだろう。けれど……

（空気を言い訳にして逃げるのは、もうやめだ！　私は自分にできることをして、サウスロードの人たちを守る！）

ミヤはそう覚悟を決めた。


向かった広場には、牛に似た大型のベヒモスが二頭歩いていた。

すでに住民は全員避難を終えたようで、辺りは閑散《かんさん》としている。

（あれ、私がこの世界へ来て、最初に襲われた魔物……）

大人のベヒモスの、小さな家ほどある巨体に思わず恐怖を抱《いだ》く。過去に子供のベヒモスに痛めつけられた経験のあるミヤは、脇から恐る恐る近づいた。王子や騎士とは違い、さすがに素手では倒せなさそうだ。あんなものに体当たりすれば、打ち身どころでは済まないだろう。だが、ここで怯《ひる》んではいられない。

「守護者様、剣を……」

近くにいた兵士が、自分の剣をミヤへ差し出す。

「あ、ありがとうございます」

（お願い動いて、私の体！　この騒動に巻き込んでしまった、ここの人たちを守りたいのよ）

ミヤの望みに応じるように、自然と足が走り出す。

剣を持つ手が勝手に動き、ベヒモスへと斬りかかった。

「ミヤ、手伝うよ！」

後ろでは、ナレースが炎の魔法で援護してくれている。巨大な火の玉が、雨のように魔物に降り注ぐ。

シェタたち双子は、もう一体のベヒモスを二人で相手していた。

それ以外にも色々な魔物が呼び出されているらしく、兵士やシェタの兄弟たちは、そちらの退治に当たっている。

元の場所に送り返すことはできないので、ここで倒すしかない。

ベヒモスは唸《うな》り声を上げ、ミヤの体を食いちぎろうと襲ってくる。大きく開《ひら》いた口の中には巨大な牙が並び、かつてテレビで見た恐竜を思わせた。

（こんなのに噛まれれば、本当にひとたまりもないわ！）

子供のベヒモスとはわけが違う。一撃でも食らえばアウトだ。

怪我をしたところで体は勝手に動くだろうが、その前に命の方が消し飛びそうである。

ミヤは地面を蹴って高くジャンプし、巨体の上に着地した。足場が不安定なので、たてがみを掴《つか》んで皮膚に剣の切《き》っ先《さき》を突きつける。

「届け……！」

体の上の異物に気づいたベヒモスは、ミヤを振り落とそうと暴れ回っている。

その間に何度か攻撃するが、どれも決定打にはならなかった。グレートボア同様、大人のベヒモスも皮膚が硬いのだ。

ナレースの炎の魔法がベヒモスの注意を逸《そ》らし、攻撃がミヤ一人に向かないようにしている。と、それが運良く魔物の目に当たった。大きな咆哮《ほうこう》を上げてベヒモスの体が傾《かし》ぐ。

そのタイミングを見逃《みのが》さず、ミヤは巨体の上を走った。顔へ向けて、剣を突き出す。

それは魔物の喉《のど》に深々と刺さった。

巨大な歯で剣を噛み折られる前に素早く抜き取り、もう一度刺し通す。

次に、胸から腹にかけて滑《すべ》り降りるようにしながら剣を突き立てる。腹側の皮膚は背より柔らかく、切《き》っ先《さき》が肉に埋まる感触がした。

ミヤには分からないが、守護者の加護はベヒモスの心臓の位置を把握している。

感覚だけを頼りに、垂直に剣を差し込んだ。

最後の咆哮《ほうこう》を上げたベヒモスは、そのまま崩れ落ちるように地面に転がる。

「ミヤ、危ない！」

駆《か》け寄ってきたナレースがミヤを抱えて倒れたことで、二人は間一髪で下敷きを免《まぬか》れた。

「怪我はない⁉」

「ありがとう、ナレース。軽い擦《す》り傷だけよ。私はこのままシェタたちの援護に行くわ」

「分かった、僕も」

とはいえ、双子は絶妙なコンビネーションで、すでに魔物を窮地《きゅうち》に追いやっていた。

彼らは一人で戦うよりも、協力することで本来の力を発揮できるタイプらしい。

だがそこに、今度はウェアラットの群《む》れが現れた。グレナード側は、なりふり構わずサウスロードに魔物を送り込んでいるようだ。

「節操なさすぎだろ！」

シェターロが天を仰《あお》ぎながら叫んだところへ、ミヤとナレースが合流する。

「ベヒモスは私たちが引き受けるわ。シェタールとシェターロは、ウェアラットたちを……！」

「了解！」

ミヤとナレースは、協力してベヒモスを追い詰めていく。

ついにトドメを刺した時、近くで男の叫び声が聞こえた。見ると、すぐ近くで白い服の人物がウェアラットに襲われている。

「あの人！　グレナードの魔法使いだわ！」

魔物を連れて転移した後、逃げ遅れてしまったらしい。

「助ける？」

「ええ、もちろんよ！」

「そう言うと思った。ミヤは優しいからね」

「……照れるわね」

勝手に動く体にもだいぶ慣れてきた。低く剣を構えたミヤは、そのままウェアラットへと突っ込んでいく。

一瞬にして魔物を倒したミヤを見て、転移魔法使いは震えながら後ずさった。

「もう大丈夫よ。私はあなたに危害を加えないわ」

「……あなた方はサウスロードの手先となり、我々と敵対していたのでは？」

「敵対なんてしていないわ」

「ですが……」

「確かに私たちは、グレナード王国のことを良く思っていないわ。あの国で、私は本当に大変な目に遭《あ》った。でも、だからといって、あなたが魔物に襲われていいなんて思わない」

ミヤの言葉を聞いた転移魔法使いは、信じられないという様子で目を見開いた。

「北の聖地の浄化だって、手伝ってもいい。それができるかどうかは聖女次第だけれど……あの子も、今なら協力してくれるかもしれないわ。ただ、私たちは浄化を終えた後のことを心配しているの。国王と三人の王子は信用できないから、今後巡礼に出るとしても、グレナードとは協力せず、こちらの好きな形でやらせてもらうわね」

言いたいことを言うと、ミヤは双子に加勢するためにその場を離れた。

転移魔法使いは呆然《ぼうぜん》とした表情で、その場にペタンと座り込んでいる。

それからしばらくして、魔物退治は完了したのだった。

シェターロたちの家へ戻ると、三人の王子たちは全員拘束されていた。アレクだけが、傍《そば》で難しい表情をして佇《たたず》んでいる。

「こいつら、さっさと送り返そうぜ！」

ノリノリのシェターロに向けて、けれどアレクは静かに告げた。

「私も、兄弟と一緒にグレナードへ帰ろうと思います。あの国を、このままにはしておけない」

「アレク殿下、冗談だろ？　戻っても、大変な思いをするだけだ」

「私は本気ですよ、シェターロ。私には、王族の一員としてなすべきことがある。今後兄たちの人気はさらに下降することでしょう。聖地巡礼《じゅんれい》も完了していない中、このままでは国が荒れるのは目に見えています。ここで自分だけ安全地帯に逃げるなんてできない……いいえ、したくないのです」

アレクの目には、強い光が宿っていた。

そこまでの決意を聞いてしまえば、誰も何も言い返せない。

アレクは一度プッチーを抱きしめた後、全員に別れの挨拶を告げる。

プッチーも何かを悟ったのか、悲しげな瞳でアレクを見上げていた。

第7章　その後の守護者と聖女の真実

三人の王子とその部下、転移魔法使いたちは、グレナード王国へ強制送還された。さらに今回魔物召喚の件で多額の賠償金が請求されている。

国王は聖地巡礼《じゅんれい》の失敗と、サウスロード王国との交渉決裂の責任を取って退位。

王位はヒゲ王子ではなく、国王退位の時点で一番人気の高かったアレクが継いだ……というか、継がざるを得なかった。

ヒゲ王子は自身の処遇について反抗したため幽閉、長髪王子は王と共に隠居生活、ショタ王子は他国への婿《むこ》入りが決まったそうだ。

アレク本人は生き物の研究を続けていきたかっただろうに、気の毒な話だ。

しかし彼なら、きっとあの国をマトモにしてくれるだろう。

モモは意外なことに、自《みずか》ら神殿へ行くと言い出した。

事件が解決し、数日経《た》った日のことだ。偶然屋敷の庭で会ったミヤに、モモはその理由を告げた。

「だってぇ、ここには好みのタイプがいないんだもの。あの双子なんてもってのほかだし、あいつらに紹介された相手は中年親父よ、アリエナイ。本っ当に許さないんだから！」

「神殿にも好みの人がいなかったらどうするの？」

「その時は別の狩場を見つけますぅ。あーあ、こんなことになるなんて変よ。私ならうまくやれると思ったのに。ハーレムは？　総愛され展開はどこにあるのよぅ？」

「ちょっと、ここは日本と文化が違うだけで、あなたが思っているような都合のいい世界じゃないのよ？」

「うぅ、おかしい。異世界トリップものの漫画や小説だったら、聖女の私はちやほやされるはずなのに！」

「えっ……？」

思わず、まじまじとモモを見てしまう。

「漫画や小説って……」

「何よ。読んじゃ悪いの？　アンタも私を、オタクだってバカにする気？」

「そんなことしないわよ。私も好きだし」

ミヤはモモのことを、オタク文化とは無縁のリア充だと思っていたのだが、彼女は今、漫画や小説という言葉を口にした。

しかもミヤの感覚では、異世界転移系の漫画や小説を嗜《たしな》む層は、一般的な漫画好き勢よりもコアな読者が多い……ような気がするわけで。

（この子、もしかして私と同類？）

そういう目で見てみると、今までの彼女の言動も、妙に納得できる部分があった。

（そういえば最初に着ていた服も、今の流行《はや》りとは微妙に違うフリフリだったし、コミュ力も高そうに見えてそうでもないし？）

今までされてきた仕打ちの中には許せないこともあるけれど、漫画や小説好きという部分にだけは、親近感が湧《わ》いてくる。

「酷《ひど》いよぅ。誰か一人くらい、私を愛してくれてもいいじゃない」

まだ話を引きずっているモモに、ミヤは呆れた。

「あのさぁ、自分からは何も与えずに、ただ愛してもらおうなんて無理な話よ。あなただって、自分に何も与えてくれない相手は好きになれないでしょう？　まあ私も、人のことを言える立場じゃないけれど」

「だって……オバサンよりも、私の方が努力しているはずよ。オバサンでも神官長を落とせたのに、私が誰も落とせないなんてあり得ないでしょう？」

「お、落とすなんて……」

「ほーら、またそうやって良い子ぶる。純情女を装《よそお》っちゃって、ムカつく。堂々とそうだって言えばいいのに」

そんな微妙なタイミングで、向こうからナレースが現れた。ミヤを呼びに来たらしい。

少し距離があるので会話の内容は聞こえていないだろうが、なんとなく気まずくてどぎまぎしてしまう。

「……でもさ、オバサンの言うことも一理あるかもね」

「え……？」

「整形して、言い寄ってくる男子は増えたけど、結局目的は体だけっぽかったんだよ。私自身を好きになってくれたわけじゃない。若くて見た目が良くて、ヤらせてくれる女なら誰でも良かったんだ」

彼女もたくさん傷ついてきたのかもしれない。ミヤは彼女の独白に耳を傾《かたむ》ける。

「隠しているつもりみたいだったけど、丸分かりだっつーの。だから先行投資として、無条件でちやほやしてくれた。どこかで分かってたよ。私は確かに、何もせずに相手にばっかり求めていたかも」

話を聞けば、愛されたいという思いを抱えたモモは、ミヤとどこか似ているような気がした。単に行動の方向性が正反対なだけだったのかもしれない。気づけばミヤも正直な気持ちを吐露《とろ》していた。

「あなたに指摘されて考えたんだけど。実は私も、何もせずに誰かに必要とされたいと思っていたの。マンションで男の人と一緒にいるあなたを羨《うらや》ましいと思いつつ、ただ眺めているだけだった。お洒落《しゃれ》をする努力も、愛されるための努力も、何一つしてこなかった」

そう、それは何もしていないのと一緒だった。空気でいることなんて、馬鹿みたいに簡単なことだったのだ。

「変わらなきゃね、私も。あなたに偉そうに説教してしまったんだから」

こちらへ走り寄って来るナレースに向かって、ミヤは微笑む。

生臭《なまぐさ》神官長は、相変わらずだらしなく服の前を開けていた。今彼が着ているのは、サウスロード風の貴族服だ。双子が用意したものらしい。

それを見たモモは、ニヤニヤとした笑みを浮かべた。

彼女の考えは分からないが、一瞬で反省モードが解除されたことだけは理解できた。

「あっれぇ？　クビ神官長がなんの用？」

「職務放棄の尻軽聖女サマ、僕が用があるのはミヤだけだよ？　引っ込んでいてくれないかなあ？」

何気に仲の悪い二人だ。

モモを気にしつつも、その場で別れを告げようとしたミヤを、彼女が呼び止めた。

「というわけで私、北の聖地を巡礼《じゅんれい》してくる。このままじゃ、ずっと神殿本部へ行けないし、オバサンも『浄化を終えよう』ってうるさいものね。ここの辺境伯に連絡してこようっと」

ミヤとナレースをその場に残し、モモは建物へ向かっていく。振り返った彼女は、最後にこう告げた。

「色々あったけど、あなたのおかげで助かったわ。ムカツクけど、『お人好《よ》し』も悪くはないかもね」


その後、聖女の北の聖地巡礼《じゅんれい》が正式に決定した。

グレナード王国の国王が代わったことで、サウスロードへの侵攻計画も中止されたからだ。

今や国民の間では、アレクの人気が急上昇中らしい。

原因は、兄弟の反対を押し切って、魔物に襲われた者たちの救助を積極的に行ったからだとか。

分かりやすい善行を積んだことで、評価が上がったようだ。

一ヶ月後にグレナード城へ戻ったモモとミヤ、そしてナレースは、北の聖地の浄化を再度決行した。

二国間の交友の証《あかし》として、サウスロードの騎士たちは同行せず、少し整備された神殿の中にはグレナードの兵士が配置されている。

彼らがモモを見る目は冷たい。

ミヤやナレースの人気も以前ほど回復しなかったが、こうして、全ての聖地浄化が無事に終わった。

※　※　※

北の聖地巡礼《じゅんれい》から、さらに一ヶ月後——

ミヤは、やけに澄《す》み渡った空を見上げる。

今日はなんとなく、聖地の浄化が全て終わったことを強く実感していた。視界の隅々《すみずみ》まで晴れ渡り、空気が格段に澄《す》んでいる気がするからだろうか。

あれからミヤとナレースは、サウスロードの辺境伯の屋敷の近くに、家を借りて生活していた。新しい家も普通のものより大きく、プッチーも、そこでのんびりとした日々を送っている。

モモからは、ついに神殿行きが決まったとの連絡が入っていた。

（私も、あの子に負けてはいられないわね）

ナレースは辺境伯家に就職し、今は回復係として、医療に関わる仕事をしている。

辺境伯の家系は、シェタールとシェターロを始めとして血気盛《さか》んな者が多く、すぐに怪我をこしらえて来るので、ナレースほどの回復魔法の使い手はありがたいということだった。

他人の目から見ても、神官長時代より明らかにイキイキと働いているように感じられる。

（居眠りもしていないしね）

そしてミヤも、辺境伯領の役場に勤めることになった。

仕事内容は、『ステータス看破《かんぱ》』である。

やはり需要が多かったようで、誰それのステータスを見てほしいという依頼が頻繁《ひんぱん》に舞い込んでくる。毎日が大忙しだった。

また守護者という立場に加え、街を救った功績により、ミヤに男爵位が与えられるなどという話も出ている。

（……丁重にお断りしたい）

モモはグレナードの東にある神殿本部へ向かった。そこはシーセリアという国の内部にあり、広大な敷地面積を有している。

内部にはたくさんの建物が並んでおり、神殿本部自体が一つの大きな街のようであるらしい。

手紙を託されたシェタの報告では、モモは無事にそこへ到着したとのこと。

グレナード城より大きな神殿は、神官の中でも一番地位の高い者が暮らす場所だ。

祈りの時間には、モモも神官たちと一緒に黙祷《もくとう》するらしいが、その間、黙って置物のように飾られている彼女ではない。

「えへへ、神官さん、お祈りをお手伝いしますですぅ」

などと、さっそく若くてイケメンの男性陣に言い寄っているそうだ。

ここでも、モモはモモだった。とはいえ、以前のような迷惑行為は減っているようで何よりである。

「どうしたの、ミヤ？　空なんて見上げて」

この一ヶ月で、ミヤの生活には少しの変化があった。ナレースとの距離が、急激に近くなったのだ。

サウスロードへの定住を決めてすぐに、ミヤとナレースは正式に付き合い始めた。

全てにおいて緩《ゆる》く、職業人として失格な部分も多かった彼だが、ミヤには何かと世話を焼いてくれ、誠実な恋人になっている。

「ねえ、ミヤ。例の小説の続きは書けた？」

「やっぱり、やめた方がいいと思うわよ。ここは他国なのに……」

新天地でまでドロドロの娯楽小説を普及させてしまうことに、ミヤは罪悪感を覚えていた。

「皆喜んでいるし、気にする必要ないって。双子だって、続きを催促《さいそく》してきてるじゃないか。他の兄弟たちにもファンがいるらしくて、屋敷内で回し読みしているらしいよ」

「どういうこと？　私、聞いてないんだけど!?」

「そうそう、この前ついに読ませるよう辺境伯に迫られたとかで双子が小説を見せたら、彼にも割と好評で……」

「勝手にそんなことしないでぇー！」

穏やかな空気に包まれた屋敷内に、守護者の叫びがこだまする。

遠い目になったミヤは、全ては手遅れであり、自分の方が諦めるほかないことを悟ったのだった。

「ところで、こちらの世界では恋人＝《イコール》将来の妻って認識なんだけど、その辺りは分かってるかな？

ミヤの世界では違うんだよね？」

「だ、大丈夫よ。付き合う前にナレースが教えてくれたものね。私の国とは文化が違うみたいだって……」

「そう。恋人期間は婚約者扱いになっていて、なるべく早めの結婚が推奨《すいしょう》されているんだ。まあ、急《せ》かす気は無いけれど」

「ナレースが私のことを考えてくれているのは、ちゃんと分かっているわ、ありがとう」

見た目にそぐわず気遣いのできる彼に、ミヤが救われていることは多い。

（まだまだ知らない文化がたくさんあるし、一つずつ覚えていかなきゃね）

目立つということは、責任を伴《ともな》うことだ。

守護者としてのミヤは日々大勢の人間から視線を向けられ、評価され続けている。

発言や行動、功績、その全てが注目を浴びているのだ。かつてのいてもいなくても同じ『空気』

でいる生活は楽だったが、もう戻るつもりはない。

「シェタールとシェターロに聞いたけど、ラウラ教の神殿本部を最初に作ったのは、初代の守護者かもしれないんだって。昔のことだから調べるにも限界があるけど、聖女を始末しに来る人間を追い返したり、他国と通じて神殿作りを強行したり、過去にグレナード軍を圧倒的な力の差で追い返したり……そういう記述が辺境伯の屋敷に残っていたって話を聞いて、僕も『もしかすると』と思ったんだ。それが民衆の間では、そうとは知らずに『勇者様』として伝わっているみたいだよ」

ナレース曰《いわ》く、この世界における『勇者』とは、悪を懲《こ》らしめたり魔物を退治したりする、人々を守る正義の味方らしい。

「なんだか物語の中に出て来そう」

「言われてみればそうだね。この世界に勇者が登場する小説はないけれど……物語になっていないだけで、そういう娯楽小説になりそうな話って案外あちこちにあるんだなぁ」

「本当は守護者も、頻繁《ひんぱん》に召喚されていたのかもしれないわね。歴史に残されていないだけで」

そういうミヤも、神殿本部の歴史書には載《の》らないだろう。ナレースも、守護者の真実を神殿に告げるつもりはない。

言ったところで、向こうもミヤの真偽を調べることなどできないし、そもそも、何をおいても守護者の正体を調べてやるという熱心さもなさそうだ。

上層部の腐敗《ふはい》やグレナード王国の悪評などにより、ラウラ教は、少しずつだが廃《すた》れてきている。

グレナード王国の新国王となったアレクは、ミヤの情報を記録に残しているようだが、百年後の王がそれを受け入れるか否定するかは不明だ。

（いくらアレク本人が親切な人間でも、彼の孫やひ孫までがそうとは限らないし）

聖女が召喚されなくなる日も近いかもしれない。

「ミヤ、今日は仕事も休みだし、ゆっくりできるね」

そう言って、ナレースが甘えるようにもたれかかってくる。

「そうね、私もよ。最近はステータス看破《かんぱ》以外に守護者としての仕事も多くて忙しかったから」

「……ああ、犯罪者の取り締まりにまで駆《か》り出されているんだってね」

「近くで同僚が右往左往《うおうさおう》しているのを見ると、放っておけなくて……」

モモが見たら、また「いい人ぶって！」と憤慨《ふんがい》するかもしれない。

だがミヤは、空気に徹することはもうやめたのだ。自分の意見はきちんと言えるようになりたいし、動ける時に積極的に行動していきたい。

「君が強いのは知っているけれど、くれぐれも無理はしないで。怪我はしていない？」

「大丈夫よ。怪我をしたら、ちゃんと言うから」

近くの長椅子に座ると、ナレースも自然な動作で隣に座った。

「ミヤ、なんか疲れてない？」

「やっと落ち着ける居場所ができて、安心したのかしら。今まで張り詰めていたものが切れたみたいで……なんか、脱力しちゃってるのかも」

「それを『疲れが出た』って言うんじゃないの？」

「そ、そうなのかな？」

首を傾《かし》げていると、ナレースの額がミヤのそれにコツンと触れた。驚いて、思わず体を離す。

「うん、熱はないね？」

「だから、大丈夫だって……きゃっ⁉」

逃げるミヤを抱き上げたナレースは、寝室へと移動した。

「ダメだよ。熱がないからといって、無理は禁物〜！　今日はきちんと休むこと！」

「ナレースは心配性すぎるわ」

「そうだよ。ミヤに関しては、少しのことでも気になって仕方がないんだ」

ベッドに降ろしたミヤに微笑みながら、彼はゆっくりと膝を屈《かが》めた。互いの唇が、軽く触れ合う。

「ん、もう……」

「せっかく恋人同士になれたのに、お互い忙しくて、なかなか時間が取れなかったでしょ？　だから、今日は一緒にゆっくりしたいな？」

「だからって、何も……んっ」

今度は角度を変え、何度も口付けられる。なんだか、おかしな雰囲気になってきた。

「ミヤはまだ疲れているだろうし、ほどほどにしておくからね」

艶《つや》めいた萌黄色《もえぎいろ》の瞳をこちらに向け、いたずらっぽく笑ったナレースは、幸せそうにミヤをぎゅっと抱きしめたのだった。

まだまだ慣れないことの多い世界だが、現在のミヤは幸せだ。

やっと、確固たる自分の居場所ができたのだから。

背後に愛おしい恋人の体温を感じ、足元で眠る愛犬を見下ろしたミヤは、静かに微笑みを浮かべた。

番外編

西の王子と南の守護者

「おはようございます！　ミヤ様！」

野太い男の声が、朝の役場に響く。それも一人分ではなく大勢のものだ。

ここはミヤの職場――サウスロード王国の役場内、街の治安を守る部署である。

従って、筋肉ムキムキな武闘派男性が、これでもかというほど揃《そろ》っていた。

「おはようございます。本日も、よろしくお願いします」

事務方として、他人のステータスを看破《かんぱ》するだけの簡単なお仕事……をするはずだったミヤだが、色々手伝っているうちに、気づけばこちらに配置換えされていた。

ちなみにこの役場のトップは、シェタール、シェターロたち双子の兄である。

席に着いたミヤは、本日のステータス看破《かんぱ》リストに目を通していく。

主な依頼者は、子供の能力を知りたい親や、能力を秘匿《ひとく》する恐れのある犯罪者を捕らえた警吏《けいり》たち。

ステータス看破《かんぱ》の能力は貴重なので、他国からも依頼がやって来る。

さらにミヤは、治安関連の緊急連絡が入ると、同じ部署の仲間と共に現場に駆《か》けつけていた。

領地の平和を守るのが仕事なので、時には物騒な現場に向かうこともあるが、ミヤを見ただけで戦意を喪失《そうしつ》する者も多かった。サウスロードにおける守護者の肩書きは、そういった抑止力にもなっているらしい。

この日の午後に入ってきたのは、変わった依頼だった。

「え、要人警護ですか？」

ミヤの質問に、部署の長《おさ》である男は重々しく頷《うなず》いた。

「隣国の、ウエストミストからの使者だ。最近まで色々あったから、友好を深める目的で来るそうだが……ちょっとわけありのお坊ちゃんみたいでな。本国から命を狙われているらしい」

「その方を警護すればいいのですね？」

「ああ、万が一サウスロードの国内で死なれたら、こちらの責任問題にされる恐れがある。それを引き合いに、何を要求されるか分かったもんじゃない」

「……了解しました」

「まあ、お坊ちゃんも気の毒だよな。殺されるために送り込まれるなんてさ」

責任者の言葉に、ミヤも黙って頷《うなず》く。

「ウエストミスト側は、幸い守護者の顔を知らない。ミヤの外見なら、ただの案内係の一人だと思って油断するだろう」

「そこを捕まえればいいんですね？」

「ああ、そうだ。逆に向こうの尻尾《しっぽ》を掴《つか》んで、こちらの要求をたくさん突きつけてやろうぜ！」

他国との交渉などを行うのは、また別の部署なのだが、それは脇に置いておく。

サウスロード王国の利益になると知り、ミヤはその役目を引き受けた。


目的の人物とは、辺境伯の屋敷の医務室で出会った。

もともと病弱な質《たち》らしく、サウスロードに到着してすぐに体調を崩してしまったらしい。

医務室には、もちろんナレースが詰めている。

「やあ、ミヤ、今朝ぶりだね」

「うん、お疲れ様、ナレース」

なんとなく甘い空気を漂《ただよ》わせてしまったらしく、他のメンバーがささっと顔を逸《そ》らす。

「例の要人に会いに来たの？」

「そうなの。ナレースの方はもう会った？」

「まあね。今は疲れて眠っているよ。ミヤ、危ないと思ったら、すぐに他の人に助けを求めるんだよ？　怪我をしたら、どんな小さな傷でも必ず僕のところへ来ること。いいね？」

「……ナレース、お母さんみたい」

と言いつつ、ミヤは彼の言葉に頷《うなず》いた。

そのタイミングで、使者も目覚めたようだ。他の医療関係者たちが慌ただしく動き始めたのを見て、ナレースも応援に向かう。

しばらくして現れた要人は、まだ年若い青年だった。

釣《つ》り目がちで、ツンとして気位が高そうな……いかにも高貴な生まれという顔立ちである。

「私はエイベルという。ウエストミストの第十二王子だ。そなたが私の警護を引き受けてくれるそうだな」

彼の言葉を受け、ミヤはかつて培《つちか》った接客スマイルで挨拶をする。

事前情報で、彼のことはある程度知らされていた。年齢は二十歳で成人済みだが体が弱いため、これが人生初の国外での仕事だそうだ。

つい最近まで、ウエストミストはグレナードと組んでサウスロードを攻めようとしていた。

しかし、グレナード国王が退位し、新国王のアレクはその方針を取り下げたため、この機にウエストミストもサウスロード侵攻を撤回《てっかい》していた。

もともとグレナードにそそのかされただけという面もあり、さほど大事にはならなかったが、ギスギスした空気は二国間にまだ残っている。ゆえにエイベルは、互いの友好を深めるためにやって来たのだ。

「ミヤと申します。よろしくお願いいたします。私以外にも、たくさんの護衛が配置されておりますので、ご安心ください」

ミヤと同じ部署には、毒鑑定や異物察知などの能力を持つ者もいる。今回は彼らと連携しながら仕事を進めていく予定だった。

エイベルの滞在期間は三日間。何事もなく彼が帰国できれば、任務達成である。

王子の体調が戻ったということで、彼を客室へ案内することになった。

「世話をかける。私の警護を引き受ける羽目になるとは、ミヤもついていない」

彼は、一度聞いただけで名前を覚えてくれたらしい。

「そんなことはないですよ。これでも王子様の警護は前にもしたことがありますので、ご安心ください」

ヒゲ王子たちはともかく、アレクを守った実績はある……ということにしておく。

「そうそう、実はこの国で面白い物語が流行していると聞いたのだ。私は体が弱く、普段は読書くらいしかすることがなくてな。その話に大変興味があるのだが、ミヤは何か知らないか？」

「ええと、あまり知らないですね。もう少し具体的な内容はお分かりですか？」

「ああ、確か異世界に呼ばれた聖女が――」

聞き進めているうちに、ミヤの背中を冷たい汗が伝っていく。

「……で、その後のドロドロとした人間関係が興味深くてだな。街では口伝《くちづ》てで聞いただけだが、ここの辺境伯が物語の原本を手にしているのだと知って」

「ああ、その話ですか、あはは……そういえば、辺境伯が持っているかもしれませんね」

何しろ、数日前に双子へ渡したばかりの新作の内容だ。それがさっそく辺境伯の手にまで渡っているとはとミヤは焦る。

「複製が世に出回らない幻の作品らしいな。おまけに娯楽のみを追い求めた異色の内容だとか」

この世界にある本は実用書がほとんどで、小説といっても、権力者が記録のために作らせた、事実を捏造《ねつぞう》した英雄伝や、教訓染《じ》みたおとぎ話が大半なのだ。

「そんな大げさなものじゃないですけどね。この世界では珍しいってだけで……」

趣味の素人《しろうと》小説が、ついに他国の王族の興味を引いてしまった。恐ろしいことだ。

「私としてはこの国との友好を深め、ぜひその物語をウエストミストに持ち帰りたい」

（……あまり、お勧めできませんし。お土産《みやげ》にするなんて、もってのほかですけどね）

ミヤは、心の中で彼に謝罪した。

ちなみに、王子の三日間のスケジュールはこうだ。

一日目に、辺境伯との顔合わせ。サウスロード方式でもてなされる。

二日目に、狩猟……は病弱な王子にはきついので、近場で観劇や施設見学を予定。

三日目には、なんと国王自《みずか》らエイベルに会いに来るらしい。

サウスロードのお国柄なのか、双子を始めとするここの人々は、とてもアクティブだ。

シェタールとシェターロ曰《いわ》く、「ついでに噂の守護者も見たいんだと思うぜ」とのこと。

今回のミヤの護衛任務の陰には、そんな事情も織り込まれているようだ。

実はミヤとナレースの婚約は、双子以外には快《こころよ》く認められたが、それには生まれて来た子供の誰かを辺境伯の血筋に入れなければならないという条件が付いている。

つまり、子供が男の子なら辺境伯家へ婿《むこ》入り、女の子なら辺境伯の家の男子のいずれかに嫁《とつ》がせなければならないのだ。まだまだ先の話ではあるが。

「ところで、そなたは本当に私の護衛なのだな？」

「そうですが……何か、お気に召さない点でもありましたか？」

「そういうわけではない。ただ、その……そなたは女性だし、どう見ても護衛職に思えなくてだな。てっきり接待要員なのかと」

「んなっ!?」

「すすすまない！　そなたを侮辱《ぶじょく》したわけではないのだ！」

エイベルは顔を真っ赤にして謝罪した。冷たそうな見かけに寄らず、心根は真っ直ぐな人物らしい。

タイプは違うが、どことなくアレク王子を彷彿《ほうふつ》とさせる。

「お、お気になさらず。確かに、見た目は弱そうですものね。ですが私は、殿下より八歳も年上ですし、婚約者もいます」

「そうだったか。だが、婚約中の身でこのような仕事を引き受けて大丈夫なのか？　命の危険が伴《ともな》うのだぞ？　なんだったら今すぐにでも……」

「ああ、大丈夫です。腕には自信がありますし、この屋敷内も、護衛のプロばかりなので安全だと思いますよ」

そこでふと、頭の中に双子の顔が浮かんだ。

「ですが問題は二日目と、三日目の帰り道ですね。国境までは私が同行します」

「色々面倒をかけてすまない。私が……いや、なんでもない」

「大丈夫ですよ、それが仕事ですので。誠心誠意努めさせていただきますね」

エイベルを安心させたくて、ミヤは微笑んでみせる。

この様子だと、彼にも狙われている自覚はあるようだ。その理由も分かっているのだろう。殺されるために送り込まれた王子。

とはいえ、モモの起こす事件と比べれば、大抵のことは問題なく見えてしまうミヤだった。

「私は部屋の隅《すみ》に控えておりますので、何かあればお申し付けください」

そそくさと定位置に移動するミヤに向かって、エイベルは声をかけてきた。

「そんな場所にいなくていいから、話し相手になってくれないか」

この場にはエイベルの連れて来た従者や使用人ももちろんいるのだが、彼らは王子に対してどこか距離を置いている。

態度はよそよそしいし、仕える相手に対しての親しみが感じられない。

彼の提案を受け入れたミヤは、とりあえず、覚えたてのこの国の文化や、町の情報などを彼に伝えた。

ウエストミストもラウラ教を信仰しているのだが、サウスロードと同じく形骸《けいがい》化してきているのか、エイベルは聖女や守護者に関する事件については、詳しく知らないようだ。

しばらくすると、護衛任務の手伝いと称して双子が部屋に顔を出した。

(相変わらずやりたい放題ね……)

彼らは、どんな場所にでも遠慮なく入り込んでくる。

しかし、意外にもエイベルと意気投合し、ミヤも含めた四人の会話は弾《はず》んだ。

「……こんなに楽しい時間を過ごしたのは、初めてかもしれないな」

ふと漏《も》らされたエイベルの言葉に、今までの彼の境遇が偲《しの》ばれる。

病弱な上、命まで狙われている王子だ。祖国では辛いことの方が多かったのかもしれない。

「こんな時間を持ててよかった」

その台詞《せりふ》の後に『人生の最後に』という言葉が付いているような気がして、ミヤはどうにも落ち着かない気持ちになった。

その後は、四人で辺境伯へ面会に行った。

ミヤと双子が一緒ということもあり、エイベルは幾分肩の力が抜けた様子で辺境伯と話し合っている。

辺境伯自身も、彼を気に入ったようだ。

「ところで、あなたの持っているという物語に、大変興味があるのだが」

話が一段落した時、辺境伯にそう切り出したエイベルに、双子が噴《ふ》き出す。

辺境伯も、意味ありげな視線でミヤの方をチラチラ見てきた。

「そうだな、護衛任務に支障がなければ、滞在期間中は殿下にお貸ししようと思うが……守護者殿はどう思われる？」

ミヤが著者であることは一応隠してくれるつもりなのか、回りくどい確認法である。

ここまで頼まれているのに、意地を張り続けるのは良くないだろう。

ミヤは、半《なか》ばヤケクソ気味に答えた。

「……分かりました、任務に支障のない範囲でしたら。内容や感想を外で話したり、勝手に回し読みするのはやめてくださいね？」

遠回しに、彼らに釘を刺しておく。

しかし効果はないだろう。毎回こうやって頼んでいるにもかかわらず、読者は増え続ける一方なのだから。

街角で紙芝居になっているのを見た時は、さすがに卒倒しそうになったが。

（子供の教育に悪いと思うわ……）

というわけで、ミヤの全ての原稿はエイベルに預けられる羽目になったのだった。


二日目は、観劇と観光である。劇場上部に設置されたボックス席で、ミヤとエイベルは共に劇を鑑賞した。

内容は初代守護者の活躍劇で、ミヤが見ても面白いと思える。

「そのうち、ミヤの小説をもとにした演目も上演されるかもな」

ちゃっかり護衛任務に紛《まぎ》れ込んだシェタールが、ニヤニヤしながら囁《ささや》いた。

「それはいいなっ、見てみたい！　あとで頼みに行ってみるか？」

シェターロも声を落としつつ同意する。

「……私が生きているうちはやめてくれないかしら。恥ずかしすぎて、町を歩けなくなるから」

力なくうなだれるミヤの隣では、こちらのやり取りに気づかぬ王子が楽しげに舞台を見ていた。

だが、しばらくしたところで、ミヤは何やら良くない雰囲気を感じ取った。双子も同じようで、周囲を警戒し始める。

「どうしたのだ？」

エイベルが不安そうに振り返ったその時、不意に下の客席で何かがキラリと光った。

「伏せてください！」

反射的に王子を押し倒す。瞬間、ヒュンと風を切る音がし、ミヤの頭上すれすれを何かが通り過ぎて行った。

顔を上げると、壁に矢が突き刺さっている。ついに敵が仕掛けて来たのだ。

「ふざけた真似《まね》しやがって……」

シェタールが客席から飛び降り、矢が放たれた方向へと走っていく。

「ミヤとエイベル殿下はこっち。早く隠れて」

「……いや、私は護衛だから」

ミヤはそう言って、シェターロと共にエイベルを体の後ろへ隠した。

「すまない、二人とも怪我はないか？」

心配そうに見てくるエイベルに対し、ミヤとシェターロは問題ないと手を振ってみせる。

その後の観光は中止になり、エイベルは屋敷へ戻ることになった。

三日目の朝、国王が自《みずか》ら辺境伯の屋敷へやって来た。

彼と辺境伯は仲が良いらしく、和気藹々《わきあいあい》といった様子で肩を叩き合っている。

グレナードの国王は好々爺《こうこうや》を装《よそお》った腹黒だったが、サウスロードの国王は厳《いか》めしい顔にガッチリした体躯《たいく》の壮年男性である。

エイベルの前に、国王がやってきた。一介の護衛であるミヤは、王と言葉を交《か》わす機会はない……のだが、なぜか国王がこちらを見て微笑んだ気がした。

緊張した面持《おもも》ちながら、エイベルは国王と談笑している。

（頑張れ、エイベル殿下）

つい弟を心配する姉の気持ちになってしまい、ミヤは彼を応援する。

その後は特に大きな事件なども起こらず、国王との対談は無事に終了した。

なお国王は、エイベルが帰った後も数日間滞在するらしい。


いよいよエイベルが帰国することになり、護衛代表としてミヤが彼を見送りに出る。

国内で王子が狙われるなら、このタイミングが最後だろう。

（対魔物だけではなく、人相手の戦いも慣れてきたけどさ。いざとなるとやっぱり緊張するわ）

改めて、気を引き締める。

「ミヤ、礼を言う。三日間本当に楽しかった、このまま帰りたくないくらいだ」

馬車の中のエイベルは、名残惜《なごり》しそうにミヤを見つめる。

「私も楽しかったですよ。また遊びに来てください。いつでも歓迎しますから」

そうは言っても、実際は難しいということも分かっている。

「そうだな。可能ならば、またこの地を訪れたい」

国境沿いまでエイベルを無事に送り届けたミヤは、馬車から降りた。

両国の国境には、水量の多い巨大な河が流れている。その中心に大きな木の橋が架《か》かっていた。

これを越えればウエストミストだ。

エイベルを乗せた馬車は、ゆっくりと橋を渡り始める。

とうとうお別れだというその時、周囲に大きな音が鳴り響いた。

橋が傾《かたむ》き始めたのを確認して橋脚を見れば、根元が折れ、そのまま濁流《だくりゅう》に流されようとしている。

横転した馬車も、河の水に呑み込まれそうだ。

「エイベル殿下！」

眼前の状況に、ミヤは焦りを覚えた。

人間や魔物が襲いかかって来たのならいくらでも撃退できるが、この状況はどうしようもない。

(早く助けなきゃ！　馬車が沈んじゃう！)

とっさに河へ飛び込もうとしたところで、後ろから肩を引っ張られる。

「ミヤは、向こうを頼む。王子は俺が助けるからさっ！」

それは、いつの間にかウエストミストの一行に紛《まぎ》れ込んでいたシェタローだった。

「そうそう。ミヤが泳ぎが大得意で、溺《おぼ》れた人間の救助経験が豊富とかなら譲るけど？」

彼の後ろにはシェタールもいる。この二人はいつも神出鬼没《しんしゅつきぼつ》だ。

「いいえ、浅いプールで泳いだことしかないわよ」

「そ。なら、王子の救助は俺たちに任せとけ！　確実に王子を仕留めるために、おそらく刺客《しかく》も周囲に潜《ひそ》んでいるはずだ。ミヤはそっちを頼む！」

ミヤは頷《うなず》き、他の護衛兵士と共に辺りの警戒を始める。

するとシェタールの言った通り、怪しい影が現れた。

総勢二十名ほどの、フードを深く被《かぶ》った一団である。

「救助の邪魔はさせないわ！」

ミヤは彼らの前に立ちはだかった。体を張った地上戦なら、守護者の得意分野だ。

「女一人に何ができるんだ？」

バカにしたような嗤《わら》いと共に剣を手にして、彼らは一斉に斬りかかって来た。

守護者の情報を知らない彼らは、ミヤを舐《な》めているようだ。

身の危険を察知したミヤの体が、恐るべきスピードで河辺を駆《か》け抜ける。

腰に提《さ》げた剣を手にし、敵の攻撃を次々と受け流す。

守護者のスピードには誰もついて来られない。魔物でさえそうなのだから、人間なんてなおさらだ。

「なんだ、お前っ」

「化け物か!?」

人としてあり得ない動きをするミヤに、動揺する刺客《しかく》たち。彼らは例外なくみぞおちに強烈な一撃を食らって気絶した。

「守護者殿！　お手柄だな！」

同僚が走り寄って来る。彼らはすぐに、刺客《しかく》たちを縄で拘束した。

「シェタたちとエイベル殿下は!?」

「大丈夫だ、今、上がってくる」

河岸を見ると、ずぶ濡れの双子に抱えられたエイベルがいた。無事、救出できたらしい。

幸いなことに、他に犠牲者も出なかった。

「シェタール、シェターロ、良かった、無事で……」

「ミヤ、心配してくれたんだ？　嬉しいな！」

「マジで感激だ。可愛いなっ、結婚してくれ！」

双子が冗談を口にしながらはしゃぐ。

次の瞬間、彼らめがけて火の玉が飛んで来た。

新手かと思いきや、火はすぐに霧散《むさん》してしまう。その後に残ったのは、ずぶ濡れ具合が若干マシになった双子だった。

「冗談きついぜ、ナレース」

「そうそう、ミヤのことになると見境なくなるよな、お前」

双子の視線の先を追うと、萌黄色《もえぎいろ》の瞳を細めたナレースが、悪魔の笑みを浮かべて立っていた。

ミヤを心配して、後を追って来たようだ。

「ミヤ、大丈夫？　怪我はないかい？」

「ええ、心配してくれてありがとう」

「ここへ来る前に、敵の援軍らしい一団と擦《す》れ違ったから、燃やしておいたよ」

さらっととんでもない言葉を吐くナレースに、ミヤの笑顔が引きつった。

「も、燃やした？」

「大丈夫。殺してはいないから、ちゃんと情報を吐かせられるよ」

にっこりと微笑む恋人を見て、ミヤは何も言えなくなった。

サウスロードは手強《てごわ》い国だと、これでウエストミスト側も痛感したことだろう。

続いてナレースは、気を失っているエイベルに回復魔法をかけ始めた。王子は水を大量に飲んでいるものの、他に大きな怪我はないようだ。呼吸をしているのを見てミヤはひとまずほっとしたが、彼は病弱な体質なので油断はできない。

「このままでは、エイベル殿下を帰国させられない。一旦引き返すか」

双子の意見を採用し、ミヤたちはエイベルを連れて屋敷へ戻った。

辺境伯の領地はウエストミストと隣接しているので、半日もあれば帰ることができるのだ。

ミヤは引き続き、王子の護衛役を担当した。

夜には辺境伯の屋敷へ到着し、ミヤたちはエイベルを医務室へ運び入れる。

ややあって、彼は無事に目を覚ました。

「……ミヤ？　私は、河に落ちたはずでは？」

「シェタールとシェターロがお助けしたのです。殿下の体調を考えて、一旦辺境伯の屋敷へ戻りました」

「そうか、私は……」

エイベルの表情が、苦しげに歪《ゆが》む。

それが、自分に課せられた任務を果たせなかったことに対する後悔か、別の感情から来ている何かなのかは、ミヤには判別できなかった。

「エイベル殿下、私はあなたが無事で良かったと思っていますよ」

そう伝えると、彼は今にも泣き出しそうな顔になった。

「ミヤ、私は生きていて良いのだろうか。体が弱く、確たる後ろ盾《だて》もない。なんの役にも立たない王子だというのに……」

苦しげに縋《すが》り付いてきた彼を、ミヤは突き放すことができなかった。

祖国では、ずっとそうして責められてきたのかもしれない。エイベルは、自分に自信がないように見える。

なんと声をかければいいのか分からず、ミヤが悩んでいると……不意に背後から気配を感じた。

振り返ると、サウスロードの国王が満面の笑みを浮かべて立っている。

「ならば、私が後ろ盾《だて》になろう！」

「……は？」

エイベルから間抜けな声が上がった。

「エイベル殿下さえ良ければ、うちの娘の婿《むこ》にならないか？　ちょうどウエストミストから婿《むこ》が欲しいと思っていたんだ。殿下なら人柄も良いし、申し分ない」

「しかし、私は体が弱い。すでにご存じかと思いますが、今回のように命を狙われる恐れもある。私がサウスロードで死ねば、あなた方に迷惑がかかってしまう」

「心配には及ばない。うちの息子の一人に、優秀な尋問官がいるのだが……今回の件で捕らえた犯人が次々に自白を始めている。向こうに不利な情報が出て来たので、こちらにとって色々有利に動けそうだ。殿下を殺しても、もうウエストミストにメリットはない。仮に戦争となっても、グレナード王国はこちらを味方してくれるだろう」

「……そんな」

「あちらのアレク国王は、そう約束してくれた。先日、同盟を結んだところだ」

「なら、私が襲われたのは……」

「まあ、ウエストミストの最後の悪あがきだろうな。戦争ができなくなったので、別の言いがかりをつけてサウスロードから色々分捕《ぶんど》ろうとしていたようだ」

エイベルは、気力を削《そ》がれたようにうなだれた。

「すぐにとは言わないが、良い返事を待っている。こんな話をすれば親馬鹿と思われるかもしれんが、うちの娘は全員気立てが良いぞ」

「本当に、よろしいのですか？」

「そなた一人の身柄くらい、どうとでもなるわ。ついでに、守護者殿もどうかな？　我が息子たちもなかなか……」

「い、いいえ。ありがたいお話ですが、私には婚約者がいますので……！」

王家と辺境伯家は、共に守護者の血筋を求めている。

ミヤの代ではないが、子か孫の代でいつか嫁《とつ》いでいく者が出るだろう。

しばらく話をした後、エイベルは国王の提案を承諾した。あとは彼が話をつけてくれるそうで、エイベルは結果を待つだけとなる。

国王が出て行った後、放心状態の彼に、ミヤは話しかけた。

「良かったですね、エイベル殿下。これでずっと、サウスロードにいられますよ」

「ああ、そうだな」

そう言うとエイベルは、半泣き状態の表情を隠すように、傍《かたわ》らにあったミヤの小説で顔を覆《おお》ったのだった。

そうして国王の帰還と同時に、ウエストミスト王国第十二王子のエイベルは、サウスロードの王都へと旅立っていった。


王子が去った後の部屋から、ミヤはせっせと小説を回収する。放っておくと、また双子が勝手に周囲にばらまきかねないからだ。

数日前まで傍《そば》にあった気配が消えてしまい、室内は妙に寂しく感じられた。

そんなミヤの隣には、同じく小説を回収するナレースが立っている。

「ミヤは、無自覚に異性を誘惑するね。困ったものだよ」

「……ちょっと、どういうこと？　聖女みたいに言いがかりをつけるのはやめてくれない？」

「ああ、そういう意味ではなくて、単にモテるなあと思っただけだよ。ライバルが多くて、僕は大変だ」

「喪女《もじょ》に向かって、とんでもない言い草……」

「双子にエイベル王子。確定しているだけでも三人が、ミヤに好意を抱《いだ》いている」

「シェタたちは、家系に守護者の血を入れたいだけでしょう？　エイベル殿下とはそんな関係じゃないし、そもそもサウスロードの王女との婚約が決まっているわ。だいいち、私より八歳も年下なのよ？」

「いいや、あれは確実にクラっときていたね」

「そんなこと……」

言いかけて、ミヤは気がついた。不毛な言い争いをしてもキリがない。

口論をやめ、そっとナレースの手を取ってみせる。

「……私の恋人は、ナレースだけ。だから、一緒に住んでいるのよ？　居眠り神官長でも、雇われ回復係でも、私はあなたが好き」

「ミヤ……僕も、君が大好きだよ。何度言っても足りないくらい」

感極まった様子のナレースは、正面から思い切りミヤを抱きしめた。

「わっ……！」

「愛しているよ、誰よりも」

いつになく余裕のないナレースを抱きしめ返し、ミヤは「私も」と呟《つぶや》いた。

※　※　※

数ヶ月後、サウスロードの神殿に、白いオリエンタル風の衣装を着た花嫁の姿があった。

その隣には金髪を下ろし、同じくオリエンタル風の黒い衣装を着た花婿《はなむこ》が立っている。

明るい昼の光が照らす中、二人は誓いの言葉を交《か》わす。

招待客の中には、地団駄を踏んで悔しがる双子や、号泣《ごうきゅう》する隣国出身の王子の姿があったとか。

守護者は幸せな結婚をし、その後はサウスロードで夫婦仲良く暮らし続けた。

遠い異世界の物語が、双子の暗躍で大々的に出版されるのは、また別の話。

新＊感＊覚ファンタジー！

レジーナブックス
Regina

レジーナブックス
Regina

一口食べれば
ほっこり幸せ

アマモの森のご飯屋さん

桜《さくら》あげは
イラスト：八美☆わん

ファンタジー世界の精霊に転生した少女ミナイ。彼女の精霊としての能力はなんと「料理」！　精霊は必ず人間と契約しなければいけないのに「料理」の能力では役に立たないと、契約主がいない。仕方なくひっそり暮らそうとするミナイだが、なぜか出会った人に、次々と手料理をご馳走することに！　やがて、彼女の料理に感動した人たちに食堂を開いてくれと頼まれて——

詳しくは公式サイトにてご確認ください。
http://www.regina-books.com/

携帯サイトはこちらから！

新＊感＊覚ファンタジー！

レジーナブックス Regina

悪役令嬢が魔法オタクに!?

ある日、ぶりっ子悪役令嬢になりまして。1～3

桜《さくら》あげは
イラスト：春が野かおる

隠れオタク女子高生の愛美《まなみ》は、ひょんなことから乙女ゲーム世界にトリップし、悪役令嬢カミーユの体に入り込んでしまった！ この令嬢は、ゲームでは破滅する運命……。そこで愛美は、魔法を極めることで、カミーユとは異なる未来を切り開こうと試みる。ところが、自分以外にもトリップしてきたキャラがいるわ、天敵のはずの相手が婚約者になるわで、未来はもはや予測不可能になっていて――!?

詳しくは公式サイトにてご確認ください。
http://www.regina-books.com/

携帯サイトはこちらから！

新＊感＊覚ファンタジー！

Regina
レジーナブックス

イラスト／ocha

★トリップ・転生

女神なんてお断りですっ。1～8

紫南《しなん》

550年前、民を苦しめる王族を滅ぼしたサティア。その功績が認められ、転生が決まったはいいものの、神様から『女神の力』を授けられ、また世界を平和に導いてほしいと頼まれてしまう。しかし転生後の彼女は、今度こそ好きに生きると決め、精霊の加護や膨大な魔力をフル活用。その行動は、図らずも世界を変えていき？

イラスト／日向ろこ

★トリップ・転生

王太子妃殿下の離宮改造計画 1～7

斎木《さいき》リコ

日本人の母と異世界人の父を持つ女子大生の杏《あん》奈《な》。就職活動に失敗した彼女は大学卒業後、異世界の王太子と政略結婚させられることに。けれど夫の王太子には愛人がいて、杏奈は新婚早々、ボロボロの離宮に追放されてしまい……。元・女子大生の王太子妃が異世界で逆境に立ち向かう！　ネットで大人気の痛快ファンタジー、待望の書籍化！

詳しくは公式サイトにてご確認ください。

http://www.regina-books.com/

携帯サイトはこちらから！

新＊感＊覚ファンタジー！

Regina レジーナブックス

★トリップ・転生

異世界で、もふもふライフ始めました。

黒辺《くろべ》あゆみ

イラスト／カトーナオ

ひょんなことから獣人ばかりの世界にトリップしてしまったＯＬの美紀。戸惑いつつも、白虎族の傭兵・ジョルトの助けを借り、なんとかこの世界に溶け込もうとしたのだけれど……。ある日、軽～い気持ちでジョルトの尻尾に触ったら、何故か彼と結婚することになってしまって――!?　一風変わったもふもふファンタジー、いざ開幕！

★トリップ・転生

公爵家に生まれて初日に跡継ぎ失格の烙印を押されましたが今日も元気に生きてます！

小択出新都《おたくでにーと》

イラスト／珠梨やすゆき

異世界の公爵家に転生したものの、魔力が少ないせいで額に『失格』の焼き印を押されてしまったエトワ。それでも元気に過ごしていたある日、代わりの跡継ぎ候補として、分家から五人の子供たちがやってくる。のんびりしたエトワは彼らにバカにされたり、呆れられたりするけれど、実は神さまからもらったすごい能力があって――!?

詳しくは公式サイトにてご確認ください。

http://www.regina-books.com/

携帯サイトはこちらから！

桜あげは（さくらあげは）
大阪府出身。読書とピアノが好き。
2014 年よりネットで小説を書き始める。2015 年「ある日、ぶりっ子悪役令嬢になりまして。」で出版デビュー。

イラスト：ゆき哉

本書は、「アルファポリス」（http://www.alphapolis.co.jp/）に掲載されていたものを、改題、改稿のうえ書籍化したものです。

私《わたし》は聖女《せいじょ》じゃない、ただのアラサーです！

桜あげは（さくらあげは）

2018年 5月 7日初版発行

編集－仲村生葉・羽藤瞳
編集長－塙綾子
発行者－梶本雄介
発行所－株式会社アルファポリス
〒150-6005東京都渋谷区恵比寿4-20-3 恵比寿ｶﾞｰﾃﾞﾝﾌﾟﾚｲｽﾀﾜｰ5F
TEL 03-6277-1601（営業）　03-6277-1602（編集）
URL http://www.alphapolis.co.jp/
発売元－株式会社星雲社
〒112-0005東京都文京区水道1-3-30
TEL 03-3868-3275
装丁・本文イラスト－ゆき哉
装丁デザイン－ansyyqdesign
印刷－図書印刷株式会社

価格はカバーに表示されてあります。
落丁乱丁の場合はアルファポリスまでご連絡ください。
送料は小社負担でお取り替えします。
©Ageha Sakura 2018.Printed in Japan
ISBN978-4-434-24590-9 C0093